KB123688

사령왕
카르나크

사령왕 카르나크 4

2023년 9월 18일 초판 1쇄 인쇄
2023년 9월 21일 초판 1쇄 발행

지은이 임경배
발행인 강준규

기획 이기헌 왕소현 임동관 박경무 강민구 조익현
책임편집 백승미
마케팅지원 이원선

발행처 (주)로크미디어
출판등록 2003년 3월 24일
주소 서울시 마포구 마포대로 45 일진빌딩 6층
Tel (02)3273-5135 **Fax** (02)3273-5134
홈페이지 rokmedia.com **E-mail** rokmedia@empas.com

값 9,000원

ISBN 979-11-408-1404-6 (4권)
ISBN 979-11-408-1400-8 04810 (세트)

사령왕 카르나크

4

임경배 판타지 장편소설

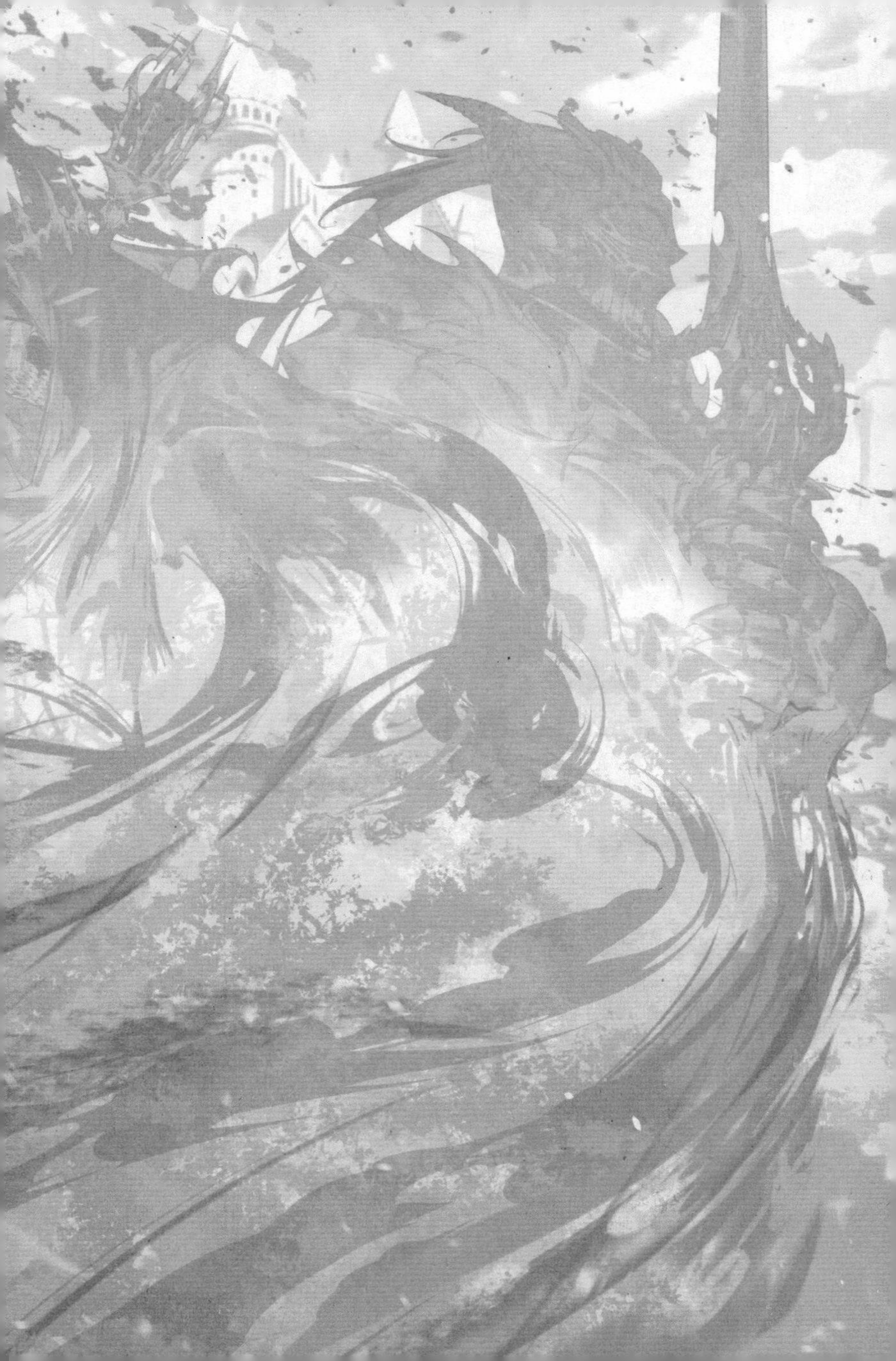

CONTENTS

심야의 사투

"사령술이라고?"

간신히 살아 돌아온 홍염단원들은 열심히 고개를 끄덕였다.

"틀림없습니다."

"시체가 움직이고 악령이 공격해 오고……."

"사방에 끔찍한 기운이 자욱한데 그걸 못 알아보겠습니까?"

세바스티안은 멍하니 눈만 깜빡거렸다.

설마 로이드 왕자 옆에 사령술사가 있을 거라곤 추호도 생각해 본 적이 없었다.

'어떻게 왕자가 사령술사와 손을 잡은 거지?'

반면 사교도들의 눈은 초롱초롱 빛나고 있었다.

“사령술사란 말인가!”

“테스라낙의 가르침을 받지 못한 뜨내기인 모양이군요.”

“그럼에도 사령력은 꽤나 높은 듯하고요.”

검은 신의 교단만이 사령술을 사용하는 건 아니다. 안 그래도 전 세계에 종말의 어둠이 너무 많이 퍼졌다.

그리고 사령술사는 상대의 권능을 흡수해 자신의 힘을 늘릴 수 있었다.

줍는 놈이 임자라는 소리다.

“우리가 나서겠소!”

항시 몸을 사리던 이들이 그 어느 때보다 적극적으로 나섰다.

“사령술이라면 이쪽이 전문이지!”

“왕자님을 무사히 모셔 올 테니 걱정하지 마시오!”

상대도 사령술사인 이상 서로 정체를 숨길 필요가 없다.

딱히 반대할 이유도 없기에 세바스티안은 고개를 끄덕였다.

“그, 그럼 부탁을 드리겠소.”

승낙이 떨어지자마자 사교도들은 방을 나섰다. 바로 준비 작업에 들어갈 모양이었다.

혹시나 다른 놈이 주워 먹을까 싶어 마음이 급한 듯했다.

홀로 남은 세바스티안은 혀를 찼다.

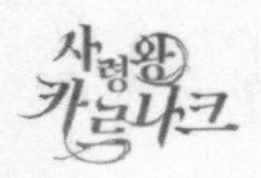

'정말 로이드 왕자가 사령술사와 손을 잡았단 말인가?'

얼핏 이상할 건 없어 보인다.

사령술사에게 당했으니, 다른 사령술사를 찾아가 해결하려 할 수도 있지 않은가?

그저 어이가 없었다.

이건 예전부터 로이드 왕자가 다른 사령술사를 알고 있을 때나 가능한 이야기였다.

그러니까…….

'사실은 저쪽도 알포드 왕자님이랑 비슷한 짓을 하려고 했었다는 소리잖아, 이거?'

그저 헛웃음만 나올 뿐이었다.

'허허, 왕가라는 곳은 정말로 마굴이로구나…….'

검은 신을 섬기는 사령술사 데츠라스.

올해로 쉰셋이 된 그는 원래 5서클에 종사하는 마법사였다.

마법계에서 5서클이라면 충분히 제 한몫을 해내는 경지라 할 수 있다. 재능과 노력 없이는 결코 도달할 수 없는 위치다.

그럼에도 데츠라스는 만족하지 못했다.

3서클에서 5서클 사이의 정규 마법사, 세간에 널린 마법사 중 가장 흔해 빠진 경지.

고작 남들과 비슷한 수준이 되기 위해 그토록 노력한 것이 아니었다.

보다 높은 곳을 원했고 보다 많은 것을 가지고 싶었다. 그래서 목표를 위해 쉴 새 없이 정진했다.

하지만 현실은 녹록지 않았다.

그는 분명 재능이 있었지만 남들을 압도할 정도는 아니었다.

그가 노력하는 만큼 남들도 노력했고, 그가 나아가는 만큼 남들도 나아갔다.

모두가 노력하면 결국 남는 것은 재능의 격차뿐.

혹자는 말한다.

삶은 길고, 인생은 단거리달리기가 아니니 꾸준히 달리다 보면 결국 목적지에 도달할 수 있다고.

열심히 자신의 길을 걷고 또 걷다 보면, 그러다 뒤를 돌아보면 어느새 앞장섰던 이들이 뒤에 주저앉아 있을 것이라고.

뭐, 거짓말은 아니었다.

젊을 적의 재능만 믿고 게으름 피우다 좌절하는 이들은 분명 존재했다. 뒤를 돌아보면 낙오자들이 보이긴 보였다.

그저, 여전히 저 멀리 앞서 나아가는 이들의 숫자가 월등히 많았을 뿐.

수백, 수천의 앞선 경쟁자들을 무시하고 소수의 낙오자들을 돌아보는 게 대체 무슨 의미가 있단 말인가?

느리더라도 꾸준히 달리다 보면 결국 목적지에 도착할 수 있다고?

대체 그게 언젠데? 20년 뒤? 30년 뒤? 나이 70~80살 넘어서?

인간의 수명에는 한계가 있다. 육체가 늙고 병든 후에야 간신히 목적지에 도달한 뒤 만족 속에서 죽어 버리라는 소리인가?

절망한 그를 찾은 이들은 검은 신의 교단이었다.

"마법사 데츠라스여, 진정한 어둠의 힘이 당신을 선택했습니다."

위대한 신의 성도를 앞에 두고 데츠라스가 처음 보인 반응은 실로 불경스러운 것이었다.

"사교도 주제에 대놓고 정체를 드러내? 미친 것이냐?"

그도 잘 알았다, 사령술 따위 익혀 봤자 마법사에겐 아무 도움도 되지 않는다는 것을.

이는 비유하자면 싸움꾼이 두 팔을 자르고 집게발을 대신 다는 행위와 비슷하다.

집게발을 달았으니 당연히 전투에 쓸모는 있겠지. 두꺼운 껍질로 더 세게 때릴 수도 있을 것이고, 집게로 적을 으깨 버릴 수도 있을 것이다.

하지만 싸움꾼이 두 팔을 지녔을 때 익혔던 무술은 거의 쓸모가 없어진다.

"그런 내게 사령술을 권한다고? 내가 무슨 견습 마법사인 줄 아나?"

견습 마법사라면 고민해 볼 법도 하다.

고작해야 1~2서클의 하찮은 마법을 포기하고 강력한 사령술을 손에 넣는다는 건 충분히 매력적일 테니.

하지만 데츠라스는 이미 5서클의 마법사였다.

마법에 매진한 수십 년의 인생을 떠올리면 만족스럽지 않은 결과라도, 그 힘 자체는 결코 약하지 않다.

이걸 버리고 초짜 사령술사가 된다 해서 딱히 예전보다 나아질 것이 없는 것이다.

하나 검은 신의 교단은 달랐다.

"그것은 진정한 사령술이 아니었기 때문입니다."

진정한 어둠의 권능은 두 팔을 자르고 집게발을 다는 것이 아니었다. 두 팔에 갑각류 같은 껍질을 덧씌우는 것이었다.

그가 익혀 온 주먹질을 그대로 쓸 수 있으며, 추가로 새로운 용법도 익힐 수 있다는 의미다.

여태 쌓아 온 마법의 경지를 유지한 채 새로운 길을 걷게 되는 것이다!

대가는 적고 얻는 것은 많으니, 그가 검은 신의 교단에 귀의하는 것은 필연이었다.

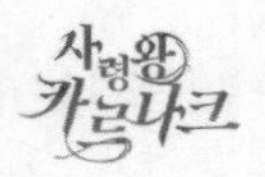

"그래, 로이드 왕자 쪽에도 사령술사가 있단 말이지?"

자신의 방으로 돌아와 출진 준비를 하며 데츠라스는 흐뭇하게 웃었다.

"그놈을 먹어치우면 얼마나 권능이 높아지려나?"

마법은 마력을 높이기 위해 부단한 노력을 해야 한다. 그렇기에 마력을 높이는 행위는 실로 고난의 길이다.

물론 사령술이라고 거저 힘이 생기는 것은 아니다. 세상에 노력 없이 얻는 것은 없다.

하지만 노력의 종류가 조금 달랐다.

마법은 오로지 자기 자신을 갈고닦는 길밖에 없지만, 사령술은 타인의 힘을 훔칠 수 있는 것이다.

'제1왕자 옆에 있는 사령술사가 뭐 하는 놈인지는 모르겠지만…….'

준비를 갖추며 데츠라스는 생각에 잠겼다.

'뜨내기 종말의 어둠 습득자는 아닐 것이다.'

홍염단을 처리한 솜씨를 보면 무식하게 어둠의 힘만 휘두르는 수준은 벗어났다.

'그렇다 해도 내 상대는 아닐 터.'

기존의 사령술사들은 아무리 강력하다 한들 진정한 어둠의 가르침을 받지 못한 자들일 뿐이었다.

반면 데츠라스는 사령술사이며, 동시에 마법사다.

외팔이 상대로 두 팔로 싸우는 꼴이니 어지간히 실력이 크게 차이 나지 않고서야 패할 가능성은 적다.

'즉, 실력이 크게 차이 나면 패한단 소리지만…….'

중년 사내는 자신만만한 미소를 지었다.

"현 대륙에 우리 교단을 제외하고 그 정도로 강력한 사령술사가 있을 리 없지!"

로이드 왕자는 행적이 드러난 후에도 달레인 거리를 벗어나지 않았다.

은신처는 옮겼으되 거리 자체에선 계속 모습을 보였다.

첩자들을 통해 그 사실을 파악한 데츠라스는 피식 웃었다. 무슨 속셈인지 알 것 같았다.

"정말이지 사령술사들은 생각하는 게 거기서 거기란 말이지."

자신들을 유인하려는 심보가 뻔히 보인다.

상대가 먹잇감으로 보이는 건 비단 데츠라스 쪽만은 아닌 것이다.

뒤를 따르던 사교도 중 하나, 케일도 비웃음을 흘렸다.

"자신의 힘에 꽤나 자신이 있는 모양입니다. 실로 가소롭군요, 뜨내기 주제에……."

그럴 만하다며 데츠라스가 손을 저었다.

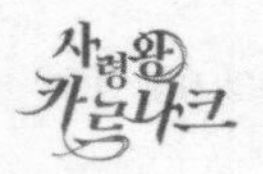

“사령술사란 것들 대부분이 밑바닥 인생을 살다가 갑자기 큰 힘을 얻은 자들이다. 힘에 취하지 않으면 그게 더 이상하지 않겠나?”

저러다 임자 만나 된통 당하고 난 뒤 겸손을 배우는 게 일반적이지만…….

“보통은 배운 겸손을 써먹기도 전에 세상 하직하는 경우가 대부분이지.”

사교도들은 계속 달레인 거리로 이동했다.

밤이 워낙 깊어 행인들은 보이지 않았다. 간혹 야경꾼들만이 순찰을 돌 뿐이었다.

평소라면 검문의 대상이 되겠지만, 미리 받은 알포드 왕자의 인장이 있으니 아무 문제 없었다.

“슬슬 보이는군.”

구름에 가려져 흐릿한 달빛 아래로 어둠 깔린 슬럼가가 비친다.

데츠라스가 두 사령술사, 케일과 올트를 돌아보며 명했다.

“작전대로 움직여라.”

“예.”

그가 세운 ‘알포드 왕자 육체 탈환 계획’은 이것이었다.

우선 두 사람이 나서서 로이드 왕자의 사령술사를 유인해낸다. 이후 상황을 지켜보며 숨어 있던 데츠라스가 기습을 해 완벽하게 놈을 제압한다.

그냥 셋이서 함께 싸우면 될 걸 왜 굳이 이렇게까지 하냐고?

일단 명분은 이거였다.

—적이 도망칠 수도 있으니 뒤에서 전황을 지켜보겠다!

진심은 이쪽이었지만.

'설마 놈이 나보다 강할 리야 없겠지만, 그래도 세상일 모르는 거잖아? 일단 저 둘을 미끼 삼아 던져 봐야지.'

저놈들 선에서 처리되면 잘했다고 칭찬해 주고 사령력은 적당히 나눠 먹으면 된다. 본인이 절반 먹고 둘에게 남은 절반 주고.

너무한다고? 혼자 다 먹는 것도 아닌데 이게 뭐가 너무해?

혹여 케일과 올트가 데츠라스를 배신하고 둘이서 사령력을 흡수하면 어떡하냐고?

그래 봐야 데츠라스보다 강해지는 건 아니니 명령 불복종으로 처벌하면 된다.

이왕 처벌하는 김에 두 놈의 사령력도 꿀떡 삼키는 거고.

명분이 있으니 교단에서도 크게 뭐라 하진 않으리라.

만약 두 사람이 오히려 당하면?

이는 로이드 왕자의 사령술사가 실로 만만찮은 적이란 뜻

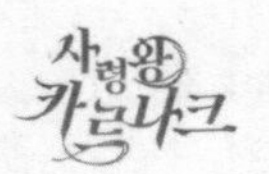

이니 둘을 미끼로 쓴 데츠라스의 판단이 실로 현명했다는 증거가 아니겠나?

부하들에게 칼침 맞기 딱 좋은 방식이지만 데츠라스는 떳떳했다.

저런 생각을 진심으로 할 수 있으니 사령술사 같은 짓도 할 수 있는 것이다.

당연히 케일과 올트 역시 저 시꺼먼 속내를 모르는 게 아니다.

'젠장, 약한 게 죄구만.'

'그렇다고 거역할 수도 없고.'

케일이 품에서 고풍스러운 랜턴을 꺼내 불을 붙였다.

사아아아…….

불꽃이 피어나며 뱀이 지나가는 듯한 괴음과 함께 사방에 한기가 맴돈다.

망혼의 호롱.

전장에서 쓰러진 기사와 병사의 영혼이 봉인된 저주받은 귀물로, 데츠라스가 특별히 내려 준 교단의 보물 중 하나였다.

아무리 미끼로 쓴다 해도 이 정도 살길은 마련해 주어야 명령을 들을 테니까.

랜턴에 정신을 집중하며 케일이 술법을 전개해 갔다.

"테스라낙의 이름으로 명하노니……."

호롱불이 푸르게 변하며 땅에서 아지랑이 같은 형상들이

하나둘 솟구쳐 오른다.

"일어나라, 저주받은 전사의 혼들이여……."

무수한 기사와 병사의 유령들이 거리를 가득 메우며 귀곡성을 흘리기 시작했다.

"으어어어……."

"으아아아아……."

슬럼가 안쪽의 허름한 2층 가옥.

의자에 앉아 책을 읽던 카르나크가 문득 고개를 들며 중얼거렸다.

"왔군."

느닷없는 소리지만 바로스와 세라티는 바로 이해했다.

"벌써요?"

"빠르네요."

홍염단의 공격을 받은 것이 어젯밤의 일이었다.

고작 하루 만에 또다시 알포드 왕자 측의 습격이 이어진 것이다.

바로스가 몸을 일으키며 물었다.

"이번엔 사령술사들입니까?"

"예상대로 남들에게 먹잇감을 빼앗길까 봐 서두른 모양이다.”

세라티와 바로스는 재빨리 전투준비를 갖췄다.

그런 둘을 보며 로이드 왕자가 미심쩍은 표정을 지었다.

“딱히 자네들의 실력을 의심하는 것은 아니네만…….”

이미 완전무장을 한 채 대기하고 있었으니 준비라고 해도 별건 아니다.

그냥 카르나크가 마련해 준 비장의 ‘대(對)사교도 전용 무기’를 챙기는 게 전부다.

문제는 저 비장의 무기란 게 상당히 상식에서 벗어나 있다는 점이었다.

바로스가 쥔 것은 기다란 대걸레 한 자루.

세라티의 손에 들린 것은 녹슨 프라이팬 하나.

“……정말 그걸 들고 싸우겠다는 건가?”

스산한 안개 사이로 유령 병사들이 움직인다.

섬뜩한 신음과 기괴한 어둠을 뿌리며 밤의 슬럼가를 미끄러진다.

“으어어어…….”

“으으으…….”

그럼에도 여전히 인기척은 느껴지지 않았다.

딱히 이곳에 사는 주민이 없어서는 아니었다.

“여신이시여…….”

"이게 대체 무슨……."

"얘! 창문 근처로 가지 마!"

다들 집 안 깊은 곳에 숨어 벌벌 떨고 있는 것이다.

당연한 이야기였다.

웬 음침한 로브 차림의 사내 두 놈이 땅바닥에 허연 안개를 죽죽 깔면서 유령 군대를 잔뜩 거느린 채 살벌하게 걸어오고 있는데, 그 광경을 보고도 밖으로 나갈 마음이 들겠냐?

그 정도로 용맹한 전사의 심장을 가진 이는 애초에 이런 슬럼가에 살지도 않는다.

덕분에 케일과 올트는 아무 제지 없이 슬럼가 깊이 들어올 수 있었다.

주위를 살피며 올트가 물었다.

"저쪽은 어떻게 나올 것 같나?"

이 정도로 일을 벌였으니 사령술사라면 당연히 사태를 감지했을 터였다.

"놈의 특기가 무엇이냐에 따라 다르겠지."

홍염단의 보고에 따르면, 로이드 왕자 측 사령술사는 악령을 부르기에 앞서 좀비 무리를 내세워 압박하는 방식부터 썼다고 했다.

"일단 전형적인 술법이긴 한데……."

미심쩍다는 듯 케일이 말을 이었다.

"아무래도 환각에 걸렸을 가능성이 크지?"

사령술 하면 제일 먼저 떠오르는 것은 역시 좀비를 다루는 수법이다.

시체를 일으켜 새로운 죽음을 낳는 그 추악한 광경이야말로 사령술사의 아이덴티티 그 자체.

딱히 편견도 아닌 것이, 실제로 워낙 쉬운 술법이기도 했다.

시체를 일으켜 조종하는 건 진짜 최하급 사령술사라도 할 수 있으며, 심지어 사령술의 지식 없이 어둠의 힘만 지닌 이들이라도 간혹 '절실히 바라는 것'만으로 가능할 지경인 것이다.

몰라도 할 수 있고, 알면 더 편하게 할 수 있고, 힘은 별로 안 드는데 효율은 최고.

문제는 이 술법에 치명적인 단점이 존재한다는 것이었다.

케일은 정확히 그 점을 짚었다.

"수도에서 그 정도 숫자의 시체를 구할 수 있었을 리가 없어."

좀비 조작술은 있는 시체를 일으켜 움직이게 하는 것이지, 없는 시체를 만드는 수법이 아니다.

그렇다고 항상 시체를 휴대하고 다닐 수 있을 리도 만무하다.

공동묘지나 전쟁터 같은 특정 장소가 아닌 한 좀비 조작술은 크게 유용한 수단이 되질 못한다.

"아마도 실제 주특기는 악령을 다루는 강령술 쪽이겠지?"

"환각까지 덧붙인 걸 보면 그리 강한 술사는 아니야. 정면으로 붙으면 우리 상대는 아닐 터다."

"그렇다면 어딘가에 숨어 기습을 노리겠군?"

"그게 바람직한 사령술사의 모습이긴 하지."

히죽거리며 케일이 뒤를 돌아보았다.

시퍼런 혼령불에 휘감긴 수십의 유령 병사들을 향해 명령을 내린다.

"가라, 나의 하수인들아……."

손짓에 따라 유령들이 사방으로 흩어지기 시작했다.

"어둠의 명에 따라 네 주인의 적을 찾아라!"

무수한 망령들이 밤거리를 가르며 곳곳을 누벼 간다.

애초에 영혼. 벽이나 지붕 따위로 막을 수 있을 리가 없다.

벽을 뚫고 바닥에서 솟구치고 천장에서 흘러내리며 거리낌 없이 집과 집 사이를 통과해 지나간다.

직접적인 위해를 끼치는 건 아니고 그냥 살펴보며 지나칠 뿐이지만 숨어 있던 주민들에겐 실로 공포의 광경이리라.

유령 병사들이 눈앞을 지나갈 때마다 사람들은 억지로 입을 틀어막으며 벌벌 떨었다.

"……!"

"흐윽……."

모습을 숨긴 채 거리 한편에서 상황을 살피던 세라티가 인상을 썼다.

"악랄한 놈들, 상관없는 주민들까지 휘말리게 하다니……."

반면 바로스는 감탄하고 있었다.

"사령술사치곤 상당히 착하네요!"

"착하다고요?"

"주민들은 무시하고 지나치잖아요."

"당연한 거 아닌가요? 주민들은 적도 아닌데, 해칠 필요가 없잖아요?"

"필요는 있죠, 사실."

바로스의 입가에 묘한 미소가 떠올랐다.

"1명 죽일 때마다 써먹을 시체가 하나씩 생기잖아요."

"……."

세라티는 말문을 잃었다.

저런 식으로는 아예 생각해 본 적도 없었다.

"사령술사란 족속들은 원래 다들 그런 식인 거예요?"

바로스가 고개를 갸웃거렸다.

"……생각해 보니 도련님만 그랬던 것 같기도 하고?"

딱히 저 사교도들이 착해서라기보다는, 아무리 나쁜 놈이라도 거기까지 생각이 미치긴 쉽지 않은 것이다.

그건 진짜 어지간히 썩어 빠진 악당이어야 떠올릴 수 있는 발상이다.

'그런데 그 썩어 빠진 악당이 내 영혼의 주인이네. 아이고, 내 팔자야…….'

세라티의 표정에서 내심을 읽었는지 바로스가 대신 변명을 해 주었다.

"요샌 도련님도 많이 개과천선하셨잖아요."

"개과천선해서 그 정도라는 게 문제거든요!"

그러는 동안에도 유령들은 계속 슬럼가를 파헤치고 있었다.

점점 놈들이 두 사람이 숨어 있는 곳에 가까워진다.

"슬슬 때가 됐군요."

대걸레를 고쳐 쥐며 바로스가 눈을 빛냈다.

"계획대로 움직입시다."

문득 케일이 고개를 들었다.

랜턴 속에서 푸르게 타오르던 혼령불이 일순 흔들린 탓이었다.

"망혼 하나가 당했다."

기다리던 반응이었다.

긴장하며 올트가 물었다.

"어디지?"

"저쪽이군."

방향을 확인한 케일이 모든 유령 병사들을 그곳으로 집결시켰다.

'가라, 나의 하수인들아!'

그렇게 망혼들을 먼저 보낸 뒤 두 사람도 달리기 시작했다.

잠시 후 유령 병사들이 가득 모인 광경이 보였다.

슬럼가 건물과 건물 사이의 작은 공터였다.

도착해 보니 이미 한바탕 전투가 벌어지고 있었다.

"헙!"

짧은 기합과 함께 금발의 사내가 검을 뻗어 간다.

덤벼들던 유령 병사 하나가 일격에 흩어지며 귀곡성을 터트린다.

"끼아아아악!"

소멸하는 유령 뒤로 다른 놈들이 몰려와 검을 휘둘러 댔다.

반투명한 영적 칼날이 막 사내를 노리려는 찰나, 붉은 머리의 여인이 빠르게 막아 냈다.

"흥!"

코웃음과 함께 장검이 우아한 곡선을 그리며 유령의 칼날을 부수고 지나간다.

그때마다 유령들이 연신 귀곡성을 내지른다.

"아아아악!"

사방에서 몰려오는 유령 병사들을 상대하면서도 둘 다 차분하기 그지없었다.

전혀 몰리는 기색 없이, 실로 효율적인 동작만으로 영체인 유령 병사들을 연신 베어 갈 뿐이었다.

그것이 가능한 이유는 저들의 장검에서 뿜어져 나오는 강렬한 어둠의 기운 때문.

상황을 살피던 케일이 묘한 표정을 지었다.

"저들이 로이드 왕자 쪽 사령술사인가?"

올트도 비슷한 반응이었다.

"뭔가 좀…… 이상하군."

일단 겉보기엔 평범한 검사 같다.

하지만 사령술사는 검은 로브 뒤집어쓰고 다녀야 한다고 누가 정해 놓은 것도 아니고, 복장만으로 판단할 수는 없다.

물론 케일과 올트는 검은 로브 뒤집어쓰고 있었지만 이는 온갖 사령술용 촉매를 잔뜩 챙겨 다녀야 하는 직업적 특성상 로브가 가장 편하기 때문이다.

굳이 검은색인 이유는 어둠과 죽음의 기운이 시꺼멓다 보니 그냥 색깔 맞춘 것이고.

지나치게 검술이 뛰어난 점 역시 납득할 수 있는 범주다.

사령술사 중엔 스스로를 강화해 근접전을 펼치는 무투파도 있으니까.

"어둠의 힘을 쓰고 있으니 사령술사인 것 같긴 한데……."

단지, 굉장히 거슬리는 부분이 하나 있었다.

케일이 고개를 갸웃거렸다.

"저건 대체 뭐지?"

유령을 베어 가는 사내의 다른 쪽 손에 웬 대걸레가 한 자루 쥐여 있었다.

"저건 또 뭐고?"

여인 역시 마찬가지였다.

우아하게, 한 손 검술을 열심히 피력하고 있는데 반대쪽 손에 프라이팬 하나를 덜렁 들고 있다.

올트가 눈을 깜빡였다.

"……사령술의 일종인가?"

"그, 글쎄."

사령술이라면 뭔가 사기나 탁기가 흘러나와야 할 것 아닌가?

아무리 봐도 그냥 대걸레고, 그냥 프라이팬이었다.

심지어 저걸 무기로 사용하는 것도 아니다. 그냥 들고만 있다.

그 탓에 괜히 한 손을 못 써 불리하기까지 하다.

'도대체 왜?'

'도저히 이해를 못 하겠군.'

그러는 동안에도 유령 병사들은 계속 쓰러지고 있었다.

둘은 황급히 정신을 차렸다. 느긋하게 구경이나 하고 있을 상황이 아니었다.

"일단 저놈들부터 처리하지!"

이미 다수의 유령 병사들을 이용해 상대를 압박하고 있다. 그러니 여기서 사역마를 추가로 투입할 필요는 없다.

케일이 양팔을 펼치며 사령력을 끌어 올렸다.

"망자여, 눈을 떠 혼돈의 손을 뻗어라!"

핏빛 어둠이 넘실대며 케일을 중심으로 퍼져 나갔다. 동시에 바닥에서 섬뜩한 형상의 손들이 솟구쳤다.

무수한 지옥의 손길을 불러내는 사령결계, '가라앉는 망자의 늪'이었다.

'어?'

느긋하던 바로스의 안색이 순간 굳었다.

'이걸 펼칠 정도면 진짜 수준급인데?'

그동안 만났던 사교도들과는 차원이 다른 수준이다.

'하긴, 일국의 왕족에게 접근할 정도면 교단 내에서도 상당히 고위급이겠지.'

뭐, 그렇다고 긴장해야 할 정도까진 아니었다.

이 역시 그에겐 충분히 익숙한 수법이었다.

'오랜만에 스텝이나 좀 밟아 봐야겠네.'

일단 가볍게 심호흡을 하고.

"후우우……."

괴상한 기합과 함께 바로스의 움직임이 변했다.

"헛! 홋! 호잇!"

좀 전까지 진중하게 중심을 잡고 검을 휘두르다가, 돌연 마치 춤을 추듯 가볍게 움직이기 시작한 것이다.

케일과 올트의 표정이 일그러졌다.

'엥?'

마치 아리따운 무용수 흉내를 내는 것 같달까?

우락부락한 사내놈이 망자의 손길 사이를 사뿐사뿐 이동하는데 참으로 눈 뜨고 못 볼 꼴이다.

하지만 실제로 효과가 있었다.

신기할 정도로 망자의 손길 사이로 비껴 걸어가며 다시 유령 병사들을 베어 낸다.

"끄아아아아!"

귀청 가득 울리는 처절한 귀곡성에 케일의 안색이 더욱 일그러졌다.

'맙소사, 가라앉는 망자의 늪이 저렇게 쉽게 파해할 수 있는 거였어?'

붉은 장발의 여인, 세라티 쪽도 통하지 않긴 마찬가지였다.

"허어업!"

우렁찬 기합을 토하며 바닥을 질끈 밟아 간다. 그때마다 망자의 손길이 박살 나 흩어진다.

바로스처럼 우아하게(?) 피하는 것이 아니라 무식하게 밟아 으깨 버리는 것이다.

쾅! 쾅! 콰쾅!

올트가 혀를 찼다.

"남녀가 바뀐 듯한 광경이군……."

곰도 맨손으로 때려잡게 생긴 놈은 스치면 다칠세라 죽어라 피하기만 하고 있는데, 톡 치면 쓰러질 것 같은 가녀린 미녀는 두더지 잡기 하듯 망자의 손을 하나하나 때려잡고 있다니?

그렇다 해도 워낙 사령결계의 범위가 광범위하다 보니 점점 밀리는 것은 어쩔 수 없었다.

연신 후퇴하던 바로스와 세라티가 결국 등을 맞댔다.

'휴우…….'

'이제야 붙잡았나?'

막 케일과 올트가 한시름 놓으려던 차였다.

갑자기 바로스와 세라티가 똑같은 동작을 취했다.

우렁찬 기합을 터트리며 손에 쥔 대걸레와 프라이팬을 하늘 높이 던진다!

"헙!"

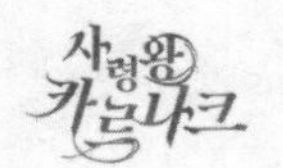

"타앗!"

그리고 곧바로 장검을 바닥에 꽂는다.

간헐천이라도 터진 듯 어둠이 솟구치며 거대한 파도가 되어 사방으로 퍼져 가기 시작했다.

파아아아아앗!

방대한 어둠의 파도 앞에 핏빛 늪은 깔끔히 씻겨 나갔다.

위험에서 벗어난 바로스와 세라티가 도로 허공에 손을 뻗었다. 던졌던 대걸레와 프라이팬이 자연스럽게 두 사람의 손에 도로 잡혔다.

대걸레를 빙빙 돌리며 바로스가 조롱을 건넸다.

"이 정도 수법으로 우릴 어쩔 수는 없을걸."

케일의 안색이 더욱 굳었다.

나름 자신 있던 술법이었는데 너무 쉽게 박살 나 버렸다.

특히나 문제인 점은, 놈들이 대체 무슨 짓을 했느냐다.

'무슨 수법인지 전혀 짐작이 안 가!'

그간 배워 온 사령술의 지식을 총동원해도, 저 대걸레와 프라이팬이 대체 사령술과 무슨 관련이 있는지 알 수가 없었다.

당황한 케일 대신 올트가 나섰다.

로브를 벗어 던지며 사령력을 끌어 올린다.

"내가 처리하지!"

팔다리에서 뿔과 촉수가 돋아나며 올트의 덩치가 3배 이상 커졌다.

"지옥의 힘이여, 내게 임해 혼돈의 권능이 되어라!"

악마의 형상이 된 그의 입에서 괴물의 포효가 터져 나왔다.

"크아아아아!"

악마의 형상이 된 올트를 보며 바로스는 혀를 찼다.

'저거 꽤 어려운 건데. 저놈도 수준이 높구만.'

악마화 술법은 어지간한 사령술사라면 다들 할 수 있다.

악마화 자체는 꽤나 쉬운 편에 속한다. 어려운 건 도로 인간화되는 쪽이지.

악마화가 자살이나 다름없는 취급을 받는 이유가 이것이다.

악마로 변한 사령술사 대부분이 제정신을 못 차리고 결국 미쳐 날뛰게 되는 것이다.

반면 올트가 시전한 것은 악마화 술법 중에서도 최고위에 달하는 사령술, 데모닉 메타몰포제였다.

술자의 정신은 유지한 채 악마의 힘만 강신시키는 고난이도의 수법이다.

"크아아아!"

포효를 울리며 올트가 바로스에게 달려들었다.

아무리 경험과 지식이 풍부하더라도 아직 인간의 한계를

벗어나지 못한 바로스에겐 꽤나 버거운 상대.

그가 재빨리 세라티에게 눈짓을 했다.

[얘 좀 맡아요!]

[네!]

그녀가 잽싸게 둘 사이를 가로막았다.

역시 마법 전언 체계가 있으니 손발 맞춰 싸우기 편했다.

"당신 상대는 나야!"

어둠이 깃든 칼날이 올트의 눈앞을 베어 갔다.

재빨리 고개를 틀어 피한 뒤 올트가 비웃음을 흘렸다.

"고작 그 정도 육체 강화로 이 몸의 상대가 될 것 같으냐?"

그의 자신감엔 근거가 있었다.

괜히 예전에 카르나크가 '멀쩡하게 생긴 사령술사가 강할 리가 없잖아?'라고 한 것이 아니다. 사령력으로 육체를 강화할수록 술자는 인간의 형상을 벗어나게 된다.

"진정한 어둠의 힘을 보여 주마!"

양손의 손톱을 칼처럼 세운 뒤 올트가 폭풍 같은 기세로 몰아붙이기 시작했다.

"크하하하!"

그런데, 의외로 세라티는 잘도 받아치고 있었다.

"이 정도쯤이야!"

자잘한 공세는 튕겨 내고 위력이 실린 일격은 흘려 낸다. 그러면서 연신 올트의 주위를 돌며 검격을 펼치는데, 실로 백중지세다.

올트로선 이해가 가지 않는 현상이었다.

"왜, 왜 이렇게 힘이 세지?"

세라티의 겉모습은 여전히 아름다운 여인이었다. 즉, 육체 강화를 해 봤자 별 볼 일 없다는 증거다.

'그런데 어떻게 이런 괴력을 보일 수 있단 말인가?'

그녀는 속으로 웃었다.

'그야, 사령력으로 강화한 게 아니니까 그렇지.'

사령술사로 위장하기 위해 세라티는 일부러 오러를 드러내지 않고 있었다.

그저 체내에서만 순환시키며 신체 능력을 강화할 뿐이니 실제론 원래 실력의 반의반도 쓰지 못하는 상태.

하지만 그조차도 사령력으로 육체 강화한 것에 비하면 월등히 효율이 좋은 것이다.

공세를 주고받으며 미녀와 악마는 치열하게 전투를 이었다.

연신 폭음이 사방에 울려 퍼졌다.

쾅! 콰광! 쾅!

답답해진 올트가 다시 한번 사령력을 끌어 올렸다.

"건방진 년! 일격에 소멸시켜 주마!"

끌어 올린 어둠의 힘이 악마의 입을 통해 번개처럼 쏘아졌다.

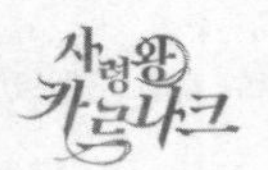

세라티의 안색도 살짝 굳었다.
'이건 못 피하겠네.'
오러를 드러내면 막을 수 있겠지만, 그럼 정체가 들키지.
그러니 비장의 무기를 쓴다!
"흥!"
코웃음을 치며 세라티가 프라이팬을 머리 위로 들었다. 그리고 크게 한 번 돌리더니!
"타아앗!"
우렁찬 기합과 함께, 프라이팬은 도로 내리고 그냥 검으로 푹 찔러 갔다.
순간 칼날에서 검붉은 혈기가 피어올라 올트의 공세와 충돌했다.
콰아아아앙!
거리 전체가 흔들리며 올트의 공세가 깔끔히 소멸되었다.
당황한 그의 시선이 자연히 세라티의 왼손으로 향했다.
'그러니까 저걸로 대체 뭘 하는 거냐고!'

바로스는 계속해 케일을 상대하고 있었다. 그리고 그 모습은 정확하게 세라티와 정반대였다.
케일이야말로 전형적인 사령술을 구사하는 자.

멀리서 악령으로 자신을 지키며 망혼의 호롱을 이용해 유령 병사들을 보낸다. 자신은 안전한 곳에서 적만 해치우려는 것이다.

워낙 숫자 차이가 많다 보니 바로스는 계속 망혼의 공세에 밀리고 있었다.

그야말로 일엽편주, 폭풍 만난 가랑잎 같은 형국이었다.

하지만 딱히 불리해진 것도 아니었다.

'폭풍이 아무리 세다 한들 가랑잎을 찢을 순 없지.'

밀리고 흘리고, 또 밀리고 흘린다.

흐름을 타고 유려하게 움직이며 오로지 적과 자신의 사각으로 빠지는 데만 전력을 다한다.

만약 무에 뜻을 둔 자가 그 광경을 보았다면 그 드높은 경지에 절로 경탄을 토해 냈으리라.

물론 무술 따위 관심 없는 케일에겐 그저 혈압 올라가는 광경일 뿐이었다.

"쥐새끼 같은 놈이 요리조리 도망만 다니는구나!"

"그 쥐새끼 하나 못 잡는 네놈이 더 문제 아니냐?"

비아냥거림으로 화답하며 바로스는 주위의 유령 병사들을 살폈다.

말은 저렇게 했어도, 그 역시 계속 도망만 다닐 생각은 없었다.

'틈틈이 체력 보존은 해야지.'

기회를 틈타 바로스가 대걸레를 크게 휘둘렀다. 그리고 바로 검을 크게 내리그었다.

칼날에서 어둠이 뿜어져 나와 망혼들을 덮쳤다.

장막에 휩싸인 유령 병사들이 비명을 터트리기 시작했다.

"크아아아악!"

"캬아아악!"

마치 염산이라도 뒤집어쓴 듯 유령들이 빠르게 녹아내린다.

케일이 이를 악물었다.

"젠장! 또 저거냐?"

아까부터 이런 식이었다.

유령 병사들로 몰아붙이다 보면 저 정체불명의 사령술을 펑 터트려 위기에서 벗어난다.

그리고 다시 도망, 도망, 도망.

그래서 케일도 계속 상대의 수법을 파악하려 정신을 집중하고 있었지만 영 성과가 없었다.

'도저히 모르겠어!'

아무리 봐도 그냥 평범한 대걸레였다.

사기나 탁기 따위 없다. 아무런 어둠의 기운도 느껴지지 않는다.

그러니 전조를 읽을 수도 없고, 힘의 흐름도 파악이 되질 않는다.

하지만 뭔가를 하는 것만은 분명하다.

'저 술법은 정체가 뭐란 말이냐!'

공터에서 한 블록 떨어진 슬럼가의 허름한 건물 옥상.

"모르겠지?"

원견 주문을 통해 상황을 지켜보며 카르나크는 빙그레 미소를 지었다.

"아무렴, 몰라야 정상이지."

좋은 거짓말에는 두 종류가 있다.

누가 봐도 그럴듯해 충분히 가능할 거라 생각하게 만드는 현실적인 거짓말.

또 하나는, 너무 어처구니가 없어 설마 저렇게까지 하진 않겠지 싶은 뻔뻔한 거짓말이다.

이번 거짓말은 후자 쪽이었다.

아무리 살펴봐도 모르겠다고? 전조조차 읽을 수 없다고?

당연하다.

정말 아무것도 아니었으니까.

진짜로 평범한 대걸레이고 프라이팬일 뿐이었으니까.

'그래서 좋은 것이지만.'

전투 내내 카르나크는 몸을 숨긴 채 사령술로 바로스와 세

라티를 보조하고 있었다.

하지만 상대도 사령술사이니만큼, 잠깐은 속을지 몰라도 결국은 사기며 탁기의 흐름 등으로 금방 상황을 눈치챌 터였다.

그러니 주의를 돌려줘야 한다.

미스디렉션이야말로 사령술사의 필수 교양.

대걸레와 프라이팬은 실로 훌륭한 시선 집중용 도구였다.

아무리 봐도 수상한데 아무리 봐도 정체를 모르겠으니, 더더욱 시선이 그쪽으로만 쏠리게 되는 것이다.

'앞으로도 이렇게 순진한 애들만 걸리면 세상 참 편하게 살 텐데 말이야.'

그렇다 해도 이게 영원히 통할 리는 없다.

상황을 지켜보며 카르나크가 회심의 미소를 지었다.

'슬슬 눈치챌 때가 됐는데…….'

먼저 눈치챈 쪽은 케일이었다.

"알았다!"

근접전을 펼친 채 세라티와 정신없이 치고받는 올트와 달리, 케일은 거리를 두고 전투를 벌이고 있었다.

시야가 상대적으로 넓으니 상황 파악도 상대적으로 빠르

다.

"속지 마라, 올트! 저건 아무것도 아니야!"

막 세라티의 일검을 피해 낸 올트가 한쪽 눈을 치켜떴다.

"아무것도 아니라고?"

순간 이해가 가지 않았다.

지금도 저 프라이팬으로 뭔가를 하려고 하는 것 같은데?

"그래, 그냥 우리 신경을 돌리려는 수작이다!"

올트 역시 사령술사, 미스디렉션의 중요성은 익히 알고 있다.

바로 알아차렸다.

"그런 거였군! 영악한 놈들!"

이놈들은 그저 주구일 뿐이다. 어딘가에 진짜 사령술사가 따로 있다.

'처음부터 전제가 잘못되었으니 수법을 파악하지 못하는 것도 당연하지!'

거리를 벌리며 올트가 주위를 두리번거렸다.

케일도 바로스가 아닌 공터 전체의 사기에 정신을 집중했다.

태도가 변한 걸 느낀 바로스와 세라티가 전언을 나눴다.

[어라, 눈치챘나?]

[서둘러야겠네요.]

바로스가 대걸레를 번쩍 들었다. 그리고 화려하게 휘두

르며 무한의 궤도를 그린 뒤 진각을 밟으며 하늘을 곧게 찔렀다.

"헛!"

세라티 역시 프라이팬 손잡이를 손아귀 안쪽에서 돌리며 보란 듯이 휘둘러 댔다.

"에잇!"

일견 거창한, 그럴듯해 보이는 동작이었다.

하지만 케일과 올트도 더 이상은 현혹되지 않았다.

"이미 파악했다!"

"이제 와서 속을 것 같으냐!"

눈앞의 대걸레며 프라이팬 따위 깔끔히 무시하고 오직 어둠의 흐름에만 정신을 집중한다.

그러고 나니 명확하게 느낄 수 있었다.

공터 저편에서 도적처럼 은밀하게 스며드는 진정한 사령력을!

"테스라낙이여!"

어둠의 신을 부르짖으며 둘은 방대한 어둠을 토해 냈다.

발동하려던 사령결계가 박살이 나며 폭음이 일었다.

콰아아앙!

"흣! 어떠냐!"

하지만 케일도 올트도 미처 모르고 있었다.

정확하게 여기까지가 카르나크가 노렸던 시나리오라는 것

을.

"정답 발견해서 신났죠? 눈에 그거밖에 안 보이죠?"

한 블록 떨어진 장소에 서서 카르나크는 실실 웃었다.

대걸레를 휘둘러 대는데 그걸 그냥 무시한다고?

"아니, 그래서 평범한 대걸레는 뭐, 맞으면 안 아프대냐?"

대걸레를 쥔 채 바로스가 케일의 등 뒤로 빠져나갔다.

하지만 케일은 미처 눈치채지 못했다. 그의 정신은 여전히 카르나크의 사령술에만 집중되어 있었다.

그 틈을 노려 대걸레 자루를 케일의 뒤통수에 작렬!

빡!

인간의 의식을 끊는 데 엄청나게 강력한 위력까진 필요 없다.

그저 의식의 바깥에서, 전혀 예상 못 한 한 방을 날려 주기만 하면 된다.

단 일격에 케일의 전신이 인형처럼 무너져 내렸다.

"끄어어어……."

올트 역시 상황은 마찬가지였다.

삽시간에 거리를 좁힌 세라티의 프라이팬이 그의 두개골을 절묘하게 노렸다.

물론 올트는 악마화 상태이니 방어력도 그만큼 높다. 그냥 쇳덩이 휘두른다고 기절하진 않는다.

그러니 반짝반짝 예쁘게 붉은 오러를 덧씌운다!

깡~!

맑고 고운 타격음이 밤하늘 높이 영롱하게 울려 퍼졌다.

'끝났네.'

카르나크가 뒤를 돌아보며 말했다.

"잠시 다녀오겠습니다, 왕자님."

"놈들을 심문하는 것인가? 그럼 나도 가겠다."

막 뒤따르려는 로이드를 카르나크가 만류했다.

"왕자님은 여기 계시는 것이 좋겠습니다. 다른 사령술사가 숨어 있다가 왕자님을 노릴 수도 있으니까요."

진짜 이유는 심문하는 모습을 왕자에게 보일 수 없어서이지만, 그렇다고 거짓말을 한 것만은 아니었다.

실제로 저런 경우는 은근히 흔하다.

왕자도 바로 납득했다.

"그렇겠군. 그럼 난 계속 몸을 숨기고 있겠네."

건물을 나와 카르나크는 느긋하게 발걸음을 옮겼다.

공터에 도착하니 칠흑의 기운에 꽁꽁 묶인 케일과 올트가 보였다.

둘 다 얼마나 호되게 맞았는지 아직 정신을 차리지 못한 상태였다.

"깨울까요, 도련님?"

"응."

바로스가 케일과 올트의 뺨을 연달아 후려갈겼다.

이내 정신이 든 두 사령술사가 주위를 두리번거리더니 카르나크를 보며 공포에 질린 표정을 지었다.

'저놈이다!'

'저놈이 진짜 사령술사야!'

그냥 서 있을 뿐인데도 사악한 기운이 풀풀 풍겨 나온다.

사령술사인 두 사람에겐 특히나 모골이 송연해지는 기운이다.

케일과 올트가 눈빛을 교환했다.

'제길…….'

'이렇게 된 이상!'

이대로 붙잡힐 순 없었다. 죽으면 죽었지 교단에 누를 끼칠 순 없는 것이다.

각오를 다진 두 사람이 눈을 부릅떴다.

"테스라낙이시여!"

"당신의 품으로 귀의하옵니다!"

순간 두 사내가 피를 사발로 토하며 풀썩 쓰러졌다.

검은 신의 교단 특유의 자살용 술법, 심장 폭발이었다.

뭐, 아무도 놀라진 않았다. 그저 어이없어했을 뿐.

"얘들 제정신인가? 자기들도 사령술사면서 비밀을 지키겠

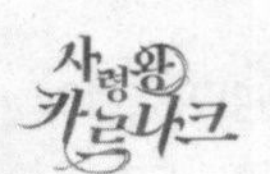

다고 자살을 해?"

혀를 차며 카르나크가 오른손을 들었다.

어둠의 손이 바닥에서 솟구치며 이내 허공에 두 사내의 영혼이 드러났다.

칠흑의 손이 영혼의 볼따구를 하나씩 쥐고 질질 끌어오기 시작한다.

"컥!"

"으억!"

그대로 두 영혼을 땅바닥에 처박아 버리며 카르나크는 히죽 웃었다.

"자, 우리 나눌 이야기가 좀 많지?"

두 영혼의 눈동자에 공포의 빛이 서리기 시작했다.

마법의 사령술사

붙잡힌 케일과 올트의 영혼이 통째로 어둠 속에 흡수된다.

그렇게 두 영혼을 갈무리하는 카르나크를 보며 바로스가 물었다.

"이 시체들은 어쩔까요, 도련님?"

영혼이 빠져나갔어도 사령력 자체는 여전히 시체에 남아 있다.

"평소처럼 사령력 빼먹고 불태웁니까?"

"그게 제일 무난하긴 하겠지만……."

잠시 고민하던 카르나크가 결정을 내렸다.

"일단 챙겨 가자."

사령술사에게 시체는 여러모로 쓸모가 많은 법이다. 특히나 사기가 충만한 시체라면 더더욱 그렇다.

"아직 적이 1명 남아 있으니까."

로이드 왕자의 말에 따르면 알포드 측 사교도는 총 3명이었다.

40대 사내 둘과 50대 중반 1명.

개중 저 50대 중년인이 보이지 않는 것이다.

"보나 마나 이놈들을 미끼로 던져 놓은 뒤 상황을 살피고 있을 거라 생각했는데……."

주위를 힐끔거리며 세라티가 대꾸했다.

"끼어들 타이밍을 놓친 게 아닐까요?"

이미 전투는 끝나 버렸다. 이제 와서 기습해 봐야 별 의미가 없는 것이다.

이렇게 된 이상 기다렸다가 이쪽이 완전히 방심했을 때 습격하는 쪽이 훨씬 효율적이다.

"입장이 반대였다면 저라도 그렇게 했겠죠."

카르나크가 공터 저편으로 턱짓을 했다.

"자리를 옮기자고. 심문도 하고, 손님맞이 준비도 해 둬야 하니."

지시가 떨어지자 바로스와 세라티가 각자 시체를 1구씩 짊어졌다.

덤으로 망혼의 호롱도 챙겼다.

랜턴을 내려다보며 바로스가 피식 웃었다.

"킹스 오더에 제출할 증거물로 딱이구만요."

공터가 내려다보이는 한 건물의 옥상.

"이런……."

데츠라스는 어둠 속에 쪼그려 앉아 난처한 표정을 짓고 있었다.

"설마 저렇게까지 순식간에 두 놈 다 쓰러질 줄 알았나."

뒤늦게라도 상대의 수법을 파악하고 반격하기에, 이제야 기회가 왔구나 싶어 타이밍을 재고 있던 참이었다.

그런데 그 순간 퍽퍽 처맞더니 그냥 상황 종료된 것이다.

뭘 해 볼 틈도 없었다.

물론 그 전에도 개입할 시간적 여유는 제법 있었다. 하지만 내내 지켜보기만 해야 했다.

이유는 간단했다.

그 역시 대걸레와 프라이팬에 현혹되어 있었던 것이다.

'쯧, 아무리 사령술사라지만 저렇게 저열한 수작을 부리다니.'

저 멀리 카르나크 일행이 부하들의 시체를 챙겨 공터를 떠나는 모습이 보인다.

데츠라스는 고민에 잠겼다.

'이제 어쩐다?'

상대가 약하다면 딱히 고민할 문제도 아니었다. 그냥 지금이라도 공격해서 해치워 버리면 되니까.

상대가 강하다 해도 마찬가지로 고민할 필요가 없다.

그땐 미련 없이 도망가야지.

아무리 교단의 명이 지엄해도 일단은 살고 봐야 할 것 아닌가?

'그런데 저놈은 약한 건지 강한 건지 도통 모르겠군.'

뭘 제대로 보여 준 게 없다. 그저 심리전만으로 케일과 올트를 제압했으니 판단할 근거가 너무 부족하다.

'어쨌거나 이대로 놓칠 순 없지.'

데츠라스가 천천히 어둠 속을 미끄러져 갔다.

카르나크 일행이 시체를 끌고 온 곳은 슬럼가 건물의 한 낡은 홀.

로이드 왕자가 숨어 있는 장소에서 한참 떨어진 또 다른 은신처였다.

홀 안에 시체를 내려놓으며 바로스가 물었다.

"왕자님을 혼자 놔둬도 될까요?"

"할 수 없잖아. 왕자가 보는 앞에서 사령술 쓸 수도 없고."

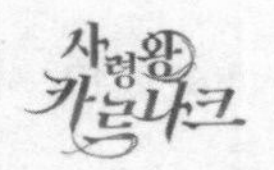

"그러다 저쪽이 왕자님을 노리면 어쩌시려고요?"

아직 사교도 중 1명이 남아 있는 것이다.

이를 지적한 바로스의 말에 카르나크가 태연하게 받아쳤다.

"괜찮아. 실은 그 용도로 혼자 남긴 것이기도 하니까."

말하자면 계획대로 안 될 경우를 대비한 예비용 미끼란 소리.

"어쨌든 우린 우리대로 할 일을 해야지."

카르나크가 어둠을 피우자 이내 케일과 올트의 영혼이 다시 모습을 드러냈다.

생전의 형태를 완전하게 취한 두 유령을 보며 세라티가 중얼거렸다.

"꽤나 건강해 보이네요. 유령이 건강해 보인다는 게 말이 되는 건진 모르겠지만."

"뭐, 상태가 좋은 건 사실이니까."

죽자마자 바로 제압해 영혼을 보존했으니 기억이 흐려지거나 할 일도 없으리라.

사기를 천천히 흘리며 카르나크가 음산한 목소리를 내기 시작했다.

"자, 일단 신상명세부터 싹 좀 읊어 봐라."

참으로 대충인 명령이었다.

그래도 워낙 강령술에 도통해 있으니 즉각 반응이 나온다.

"제 이름은 케일 바오슨, 데츠라스 주교 직속으로……."

"저는 올트 겔파란트, 휴델 예하의 명을 받아……."

덕분에 유스틸 왕국에 잠입한 검은 신의 교단에 대해 제법 자세하게 파악할 수 있었다.

유스틸 왕국 담당자는 휴델 그렌탈 추기경이며, 이번 사건에 개입한 이는 그 직속 수하인 데츠라스 주교.

데츠라스는 점조직으로 이루어진 사교도 중에서 상부와 연이 닿을 정도로 높은 지위였다. 그만큼 사령술사로서의 능력 또한 강대하며…….

"마법사이기도 했단 말이지?"

일개 농민이었다가 사령술사가 된 케일, 올트와는 출발점부터 다르다 보니 금방 높은 지위에 오른 모양이었다.

"마법과 사령술을 함께 쓴다라, 어떤 방식인지 궁금하군."

카르나크 자신도 혼돈마력을 이용해 마법과 사령술을 함께 구사하고 있다. 당연히 관심이 갈 수밖에.

"그래도 지금은 더 궁금한 것부터 해결해야지."

보통은 이런 경우, 적이 무슨 음모를 꾸미고 있으며 세력은 얼마나 되는지가 가장 중요한 안건일 터다.

그러나 카르나크에겐 보다 우선순위가 높은 문제가 있었다.

"말해라."

제압한 영혼에 사기를 부여하며 그는 눈을 빛냈다.

"대체 무슨 수로 두 왕자의 영혼을 바꾼 거지?"

소울 체인질링 자체는 카르나크도 익히 아는 사령술이다.

너무 잘 아는 나머지, 지금 이 자리에서 20개도 넘게 다른 방식의 술법을 읊을 수 있을 정도로.

하지만 도저히 이해가 가지 않는 부분이 있다.

"대체 무슨 수로 왕실 깊숙한 곳에서 보호받고 있는 로이드 왕자에게 저주를 건 거야?"

로이드와 알포드를 한자리에 모아 놓고 영혼을 바꾸는 건 쉽다. 당장 현재의 카르나크도 바로 할 수 있다.

하지만 원거리에서, 그것도 마법과 신성술로 보호받고 있는 상대의 영혼을 뽑아내는 건 사령왕 시절의 카르나크라도 불가능한 일이었다.

"정확히 말하면 가능하긴 하지. 그냥 보호 결계 다 박살 내고 저주 때려 박으면 되니까."

검은 신의 교단은 그런 식이 아니었다.

아무런 흔적 없이, 은밀하게 두 왕자의 영혼을 교체하는데 성공했다.

사령왕조차 모르는 사령술을 구사했다는 의미인 것이다.

"음, 말하고 보니 어째 데자뷔가 느껴지는데, 이거?"

예전 슈트라프 주교와 싸울 때 비슷한 소릴 한 기억이 있다.

쓴웃음을 지으며 카르나크는 대답을 종용했다.

"말해라. 무슨 수법을 쓴 거냐?"

케일이 멍한 목소리를 흘렸다.

"왕자에게 저주를 걸었습니다."

"아니, 그러니까 그건 알아. 무슨 저주이기에 그렇게 먼 거리에서 성공한 거냐고."

올트가 넋 나간 눈빛으로 대답을 이었다.

"원거리에서 저주를 걸지 않았습니다. 우린 왕자를 정해진 결계 안에 앉힌 뒤 촉매를 통해 저주를 걸었습니다."

"……로이드 왕자를 납치했었다고? 그런 말은 없었는데."

의아해하는 카르나크를 향해 케일과 올트가 말을 이었다.

"로이드 왕자가 아닙니다."

"우리가 저주를 건 대상은 알포드 왕자였습니다."

알고 보니 이런 식이었다.

이들이 시전한 술법은 '가장 가까운 혈통과 영혼이 바뀌는 저주'.

이를 알포드 왕자에게 건 것이다.

말하자면 알포드가 저주의 피해자 역할인 셈이다.

그리고 저주는 그 특성상 피해자에게 온갖 복잡한 결계와 촉매, 술법을 걸어야 한다.

반면 로이드 왕자는 저주의 수혜자.

저주를 거는 대상이니만큼 아무래도 피해자보다는 상대적으로 필요한 과정이 적다.

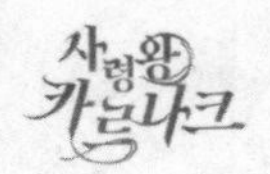

"원 참, 그런 식으로 조건을 맞춘 거였어?"

이해한 카르나크가 혀를 찼다.

당장이라도 죽을 것 같은 허약한 육체의 소유자, 항상 알포드 왕자의 건강한 육체를 부러워한 로이드는 저주의 수혜자가 되기에 충분한 조건을 갖추고 있었던 것이다.

"왕자 본인을 납치할 필요도 없었습니다."

"그냥 로이드 왕자의 피를 구하는 것만으로 충분했지요."

바로스가 의아해했다.

"왕자의 피 역시 그리 쉽게 구하진 못했을 텐데요? 왕궁으로 잠입해야 가능한 일이잖아요."

분명 평범한 왕족이라면 그의 말이 옳을 것이다.

"하지만 로이드 왕자는 상황이 달랐습니다."

"조금만 과격하게 움직여도 코피를 쏟는 허약 체질이었습니다. 그렇다 보니 피 묻은 손수건이며 옷가지가 매일 나오더군요."

"너무 흔한 일이다 보니 왕궁에서도 관리에 크게 신경을 쓰지 않았습니다."

설명을 듣던 카르나크가 미간을 찌푸렸다.

"일단 말은 되는 것 같은데……."

그래도 불가능한 부분이 있다.

"저주의 수혜자라도 최소한 본인의 의사가 저주에 반영이 되어야 해. 하지만 로이드 왕자는 그 사실을 전혀 모르고 있었지. 그건 어떻게 된 거지?"

케일과 올트가 번갈아 대답했다.

"데츠라스의 마법으로 해결했습니다."

"그는 마법과 사령술을 동시에 구사하는 자."

"마법의 거울로 로이드 왕자를 투영한 뒤 저주 당사자와 소울 링크 상태를 만들었습니다."

"그리고 알포드 왕자에게 저주를 걸었지요. 마치 로이드 왕자 본인의 의사인 것처럼 가짜 인격을 만들어서."

카르나크는 눈을 깜박였다.

"마법?"

생각해 보니 앞뒤가 맞았다.

사령술로는 불가능한 것이라도 마법으로는 가능하다. 그리고 마법으로는 불가능한 것도 사령술로는 가능하지.

그러니 사령술과 마법이 서로의 빈틈을 메워 주는 식으로 저주를 완성한다면…….

"어? 말이 되네?"

일단 발상을 듣고 나니 당장 카르나크 자신도 가능한 수법이었다.

그 역시 혼돈마력으로 마법과 사령술을 동시에 구사할 수 있지 않은가? 미처 생각만 못 했을 뿐이다.

"과연, 마법과 사령술이 공존하면 이런 비상식적인 짓도 할 수 있군."

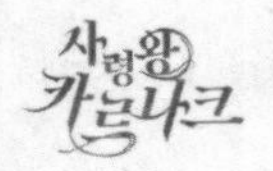

듣고 나니 왜 굳이 왕자의 모습을 거울로 비추고 사실 확인을 시켰는지도 알겠다.

"로이드 왕자가 저주의 주체인 셈이니, 의식을 완성시키는 것도 왕자 본인이 되어야겠지. 그래, 이해가 간다."

궁금증을 해결한 카르나크가 턱을 매만졌다.

저런 편법적인 저주가 가능했던 이유는 단순히 마법과의 융합 때문만은 아니다.

보다 근본적인 이유는, 평소에도 로이드가 알포드 왕자의 육체를 부러워했기 때문이다.

왕자답게 그래선 안 된다는 걸 알면서도, 무의식중에 육체를 바꾸고 싶다는 사념이 항상 깔려 있었기에 가능했던 저주다.

그만큼 둘의 육체가 바뀔 경우 로이드에게만 이득이 되니까.

실제로 비슷한 이야기를 왕자와 하기도 했다.

"범인이 로이드 왕자님이었다면 차라리 이해하기 쉬웠을 겁니다."

카르나크의 푸념에 로이드가 진지하게 고개를 끄덕였다.

"그건 그렇다네. 실은 나도 별로 피해자란 느낌이 들지 않고 있거든."

도저히 이해가 안 간다는 듯 왕자는 말을 이었다.

"알포드가 내 몸을 빼앗은 뒤 왕위를 대신 차지해? 그 고물 같은 몸으로? 무엇 하러?"

알포드 왕자가 왕위에서 거리가 먼, 가능성이 거의 없는 상태라면 혹여 그럴 수도 있다.

권력에 대한 욕심은 때론 이성적인 판단을 내리지 못하게 하는 법이고, 인간은 자신이 가지고 있는 것보다 가지지 못한 것을 크게 보는 경향이 있으니까.

"정말 그런 거라면 알포드 녀석, 지금쯤 크게 후회하고 있겠지만……."

그럴 가능성은 거의 없다며 로이드는 선을 그었다.

"그냥 나를 죽이면 알포드는 원하는 걸 전부 손에 넣을 수 있어. 타고난 건강한 육체를 포기하지 않고도 말이지."

'확실히 알포드 왕자는 로이드 왕자와 육체를 바꿀 이유가 전혀 없지.'

오죽하면, 반대로 행했는데도 저주가 성립될 정도가 아닌가?

그만큼 둘 사이의 격차는 크다.

'그런데도 일부러 그런 짓을 했다 이거지?'

첫 번째 호기심을 해결했으니 이제 두 번째 문제.

"말해라."

카르나크는 재차 심문을 이어 갔다.

"그럼 알포드 왕자는 왜 로이드 왕자와 육체를 바꾼 거냐? 대체 무슨 이득이 있어서?"

그때였다.

갑자기 홀 한쪽이 무너져 내리며 폭음이 울려 퍼졌다.

콰아아아앙!

무너진 벽을 통해 지독한 사기와 한기가 흘러나온다.

그 사이로 검은 기류로 몸을 감싼 사내가 모습을 드러낸다.

안을 노려보며 사령술사, 데츠라스는 떨떠름한 표정을 지었다.

"……어떻게 알았지?"

홀 반대쪽에 바로스와 세라티, 카르나크가 태연하게 서 있었다.

그토록 큰 폭발이었는데 티끌만큼의 상처도 없다. 확실하게 몸을 날려 피한 것이다.

미리 예측하고 있지 않고서야 불가능한 일이었다.

이해가 가지 않았다.

"분명 강령술을 구사하고 있었거늘……."

강령술을 쓰는 동안엔 술사의 감지 능력이 크게 떨어진다.

그래서 일부러 심문이 시작된 뒤를 노렸는데, 이렇게 쉽게 알아챘다고?

카르나크가 빙그레 웃었다.

"타이밍은 잘 잡은 거 맞아."

실제로 심문 도중이라 감지 능력이 크게 떨어지긴 했다.

문제는 그 '크게' 떨어진 감지 능력조차도 최대한 집중한 다른 사령술사보다 월등히 뛰어나다는 점이다. 명색이 왕년의 사령왕 아닌가?

홀 저편에서 사령력이 모이는 걸 눈으로 뻔히 보듯 감지했으니, 대비하고 피하는 건 일도 아니지.

물론 이런 것까지 굳이 알려 줄 필요는 없다.

"내가 감이 좀 좋은 편이라서."

얼버무리며 카르나크가 손짓을 했다.

바로스와 세라티가 검을 뽑아 들며 나섰다.

문득 그녀가 무너진 홀 쪽을 보며 아쉽다는 듯 중얼거렸다.

"이왕이면 심문 끝난 뒤였으면 좋았을 텐데요."

카르나크가 의아해했다.

"왜?"

"왜라뇨? 아직 정황을 전부 알아내지 못했잖아요."

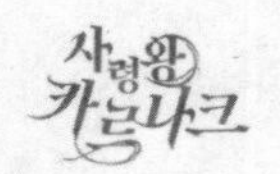

"그러니까, 그게 왜 문제냐고?"

그의 시선이 무너진 파편 쪽으로 향했다.

"유령이 저런 것에 깔려서 죽기라도 한대?"

"……아, 그렇구나."

무심코 평소 심문하는 것처럼 생각했는데, 사령술 심문은 일반적인 심문과 다르다.

도중에 끊겨도 별지장이 없는 것이다.

그냥 상대를 해치우고 느긋하게 마저 이어 가면 그만이다.

"게다가, 저 친구는 더 많이 알 것 아냐?"

데츠라스를 바라보며 카르나크는 눈을 가늘게 떴다.

심문할 유령이 더 늘어났으니 좋으면 좋지, 나쁠 건 없다는 말투였다.

물론 이건 상대를 '유령'으로 만들 수 있다는 확고한 자신감 없이는 할 수 없는 소리.

"허, 나 원 참……."

데츠라스의 눈에 노기가 떠올랐다.

"어린놈이 시건방지기 짝이 없구나!"

그런데 어째 카르나크의 반응이 좀 이상했다.

"어린놈?"

순간 이해가 가지 않는다는 얼굴이더니, 갑자기 활짝 웃는다.

"크, 그렇지! 우리 이제 어리지?"

"그럼요! 훌륭한 애송이죠."

심지어 옆에 붙은 덩치 큰 검사 놈도 비슷한 반응.

"아, 고생한 보람이 새삼 느껴지는구만."

"그러게 말입니다요, 도련님."

당혹스럽다.

애송이 취급을 냉정하게 넘기는 놈들은 간혹 봤어도, 오히려 좋아하는 놈들은 처음이다.

"……정말이지, 여러모로 이해가 안 가는군."

이쯤 되니 차라리 경각심이 생긴다.

신중해진 데츠라스가 양손을 들었다. 방대한 사령력이 사방으로 퍼지기 시작했다.

"혹한의 그림자여! 이곳에 드리워 아케론의 밤을 열어라!"

새하얀 안개가 바닥에 깔려 흐른다.

삽시간에 모든 것이 얼어붙는다. 날카로운 얼음 톱니와 고드름이 시야를 전부 뒤덮어 간다.

불어닥치는, 살이 에는 듯한 북풍 사이로 괴음을 흘리며 뭔가가 일어서고 있었다.

"크르르……."

"하아아아……."

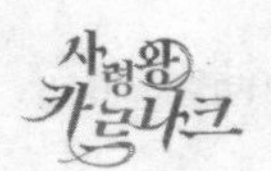

어둠과 피와 얼음이 뒤섞인 흉측한 형태의 마수들이었다.

놈들이 전신에 냉기와 사기를 흘리며 일행을 포위하기 시작했다.

주위를 둘러보며 세라티는 긴장했다.

'이건…….'

평범한 슬럼가의 일부였던 곳이 무슨 얼음 지옥처럼 변해 버린 것이다.

이와 비슷한 현상을 한 번 본 적이 있다.

'그때랑 비슷해.'

공간 자체를 변화시켜 버리는 강대한 사령술.

그녀가 만났던 사령술사 중 가장 강력했던 이, 슈트라프 주교가 보였던 이적이었다.

반면 카르나크와 바로스는 딱히 놀란 얼굴이 아니었다.

"그야 이 정도는 하겠죠. 그 슈 어쩌구 하는 주교랑 비슷한 지위잖아요?"

"확실히 그때랑 비슷하긴 하네."

사방을 뒤덮은 사령결계를 살피며 카르나크는 빙그레 웃었다.

마나과 사령력이 잘도 뒤섞여 있었다. 신성력과 사령력이 융합되어 있던 슈트라프처럼.

"뻔히 보이는데 손을 쓸 수 없다는 점도 같고."

세라티의 안색이 굳었다.

"……그럼 위험한 것 아닌가요?"

그녀에게 있어 그날의 전투는 지금도 간혹 악몽을 꿀 정도로 끔찍한 기억이었다.

당장 카르나크와 엮인 이유부터가, 그날 슈트라프에게 두 팔을 잃었기 때문이 아닌가?

"딱히?"

시큰둥하게 대꾸하며 카르나크가 손가락을 가볍게 튀겼다.

"그때도 별문제 없었는데, 뭘."

딱!

동시에 주위의 한기가 무서운 속도로 사라지기 시작했다.

얼음이 사라지고, 마수들이 도로 녹아내리며, 사방을 뒤덮고 있던 공간의 변화가 시간을 거꾸로 돌린 듯 원상 복구된다.

몇 초 지나지도 않아 데츠라스가 서 있던 장소는 도로 부서진 홀로 돌아왔다.

경악한 데츠라스의 안색이 창백해졌다.

"이 무슨……."

사령결계가 저절로 해제됐다!

"뭐냐? 대체 무슨 짓을 한 거야?"

바로스가 쓴웃음을 지었다.

"저 친구도 수박 껍질 애호가였구만요."

'수박? 껍질?'

무슨 소린지는 모르겠지만 일단 모욕을 당하고 있다는 건 알겠다.

하지만 데츠라스는 이내 흥분을 가라앉혔다.

슈트라프의 달리 그는 진작부터 카르나크를 경계하고 있었으니까.

"역시 보통 놈이 아니었군. 하지만!"

재차 사령력을 끌어 올리며 정신을 집중한다.

"테스라낙께서 내려 주신 힘은 이게 전부가 아니다!"

또다시 강대한 사령결계가 펼쳐졌다.

이번엔 사방이 흉측한 고깃덩이로 뒤덮이고 촉수가 춤을 추는 기괴한 공간이었다.

물론 이번에도 결과는 같았지만.

딱!

"제, 젠장! 아직 내겐 술법이 남아 있……."

딱!

"아직이다! 이번에야말로……."

딱!

온갖 사령결계가 펼쳐지고, 곧바로 무너져 내린다.

워낙 무너지는 게 빠르다 보니 서로 짜고 치는 것처럼 보일 지경이었다.

데츠라스는 이를 갈았다.

"뭐냐? 왜 손가락만 튀기는데 사령결계가 모조리 박살 나는 거야?"

사실 손가락 튀기는 건 그냥 눈속임이고 발바닥을 통해 열심히 초보용 결계를 덧씌우는 것이지만, 그 사실을 알려 줄 이유는 없지.

최대한 오만한 표정으로 카르나크가 데츠라스를 노려보았다.

"자, 이제 밑천 다 떨어졌나?"

긴장하며 데츠라스는 머리를 굴렸다.

보아하니 놈은 사령결계를 파해하는 특수한 술법을 알고 있는 듯하다. 그렇다면 당황할 이유는 없다.

'다른 방식으로 공격하면 돼.'

결계술 대신 사법의 영역에 손을 뻗어 간다.

사령력을 최대한 불어 넣으며 떠도는 망령들을 인식의 그늘 아래 집어넣는다.

"유부를 떠도는 망령들아, 주인 된 어둠을 따르라!"

굉음이 터지며 바닥이 갈라지고 검은 악령들이 우후죽순처럼 솟구치기 시작했다.

술식은 단순하지만 확실한 위력을 지닌 강령술로 방식을 바꾼 것이다.

우오오오오오!

귀곡성이 울리며 망령들이 허공을 유영하기 시작했다.

그 모습을 지켜본 바로스가 고개를 끄덕였다.
"안 통하니까 하는 짓도 그 양반이랑 똑같네요."
문제는 저건 카르나크도 파해할 수 없다는 점.
"자, 이제 도망갈까요?"
검을 든 채 바로스가 어깨를 으쓱였다.
그때와 상황이 같으니 대처법도 같지 않냐는 의미였다.
카르나크가 눈을 치켜떴다.
"왜?"
"왜라뇨? 그때랑 똑같다면서요?"
"아주 똑같진 않지."
순간 카르나크의 등 뒤로 수십 개의 마력탄이 떠올랐다.
백열하는 마탄이 허공에서 잠시 빛을 발하더니 이내 망령들을 향해 쏘아졌다.
콰콰콰쾅!
폭발과 함께 망령들이 일제히 뒤로 밀려났다.
6서클의 파괴 마법, 작렬의 마탄이었다.
카르나크의 입가에 비릿한 미소가 떠올랐다.
"우리가 그때랑 다르잖냐?"

슈트라프 주교와 싸울 때의 카르나크는 고작해야 4서클의

마법사였다. 심지어 사령력도 극히 빈약한 상태였다.

하지만 지금은?

“작렬의 마탄!”

수십 줄기의 마력탄이 밀려오는 망령들을 직격한다. 그때마다 망령들이 펑펑 터져 나간다.

지금의 그는 6서클, 당당한 상급 마법사인 것이다.

4서클일 때에 비해 쓸 수 있는 마법의 위력이 월등히 높다.

게다가 달라진 점은 마법뿐만이 아니다.

“와라, 네메시스 고스트. 네 주인의 명에 따라 그 적을 섬멸하라.”

나직한 읊조림과 함께 카르나크 주위로 희뿌연 유령들이 속속 모습을 드러냈다.

데츠라스가 부른 망령들과 동급의 사령들이었다.

검은 망령과 백색의 사령이 허공에서 충돌하며 엉겨 붙었다.

꺄아아아악!

크아아아아!

연신 충격파가 터지고 귀곡성이 울려 퍼진다.

서로의 기세는 백중지세, 데츠라스의 방대한 어둠이 실린 망령들을 상대로도 전혀 밀리지 않는다.

“사령력 역시 그때에 비해 많이 늘었거든.”

그동안 열심히 무리해 가면서 사령력도 늘린 카르나크였다. 수치로만 치면 거의 20배 이상 늘었을 것이다.

"이젠 길 가다가 종말의 어둠 주워 먹은 뜨내기 정도는 된다 이거지!"

물론 데츠라스와 비교하면 여전히 낮다.

아니, 방금 붙잡은 케일이나 올트와 비교해도 한참 아래일 것이다.

하지만 이 정도만 되어도 어지간한 사령술은 월등히 강력하게 구사할 수 있는 것이다.

애초에 이해도와 운용, 효율성에서 압도적으로 격차가 있으니까.

"더구나 그때랑 달리 아군도 1명 더 있고."

카르나크는 힐끔 옆을 보았다.

붉은 머리의 미녀가 그를 보호하며, 다가오는 망령들을 열심히 견제하는 중이었다.

"타앗!"

카르나크가 칼날에 사령술을 걸어 주었기에 검만으로도 망령들을 벨 수 있지만 위력이 그리 크진 않아 흩어진 망령들이 이내 원래 모습으로 돌아온다.

"세라티."

"네?"

"더 이상 실력 감출 필요 없어. 저 친구도 튀어나왔잖아?"

그녀가 실력을 숨긴 건 어디까지나 데츠라스의 경계심을 낮추기 위해서였을 뿐.

"네!"

기다렸다는 듯 세라티가 힘을 떨쳤다.

굉음이 울리며 붉은 투기검이 어둠을 가르고 뻗어 갔다.

우우우웅!

"오, 오러 유저?"

경악한 데츠라스가 멍한 소리를 흘렸다.

"아니, 오러 유저가 왜 사령술사 밑에서 일한단 말인가?"

너무 어이가 없다 보니 사악한 사령술사가 아니라 상식적인 마법사의 관점으로 잠시 돌아왔달까?

"자기도 마법사였다가 사령술사가 된 주제에 무슨."

피식거리며 세라티는 마음껏 날뛰기 시작했다.

"타아앗!"

본격적으로 오러를 쓰는 그녀의 무력은 과연 무시무시했다.

투기검이 스칠 때마다 망령들이 연신 박살 나 흩어진다.

아까까진 베여도 도로 회복되었지만 지금은 아니다.

스치기만 해도 붉은 파문이 퍼져 나가며 망령의 어둠을 모조리 불살라 버린다.

꺄아아악!

크아아아!

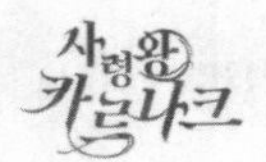

아아악!

카르나크 역시 놀고만 있진 않았다.

"울어라, 천둥의 포효."

뇌격의 채찍이 사방으로 휘몰아친다.

"내리쳐라, 권능의 일격."

작렬의 마탄이 쉴 새 없이 망령들을 꿰뚫고 부순다.

그렇게 부서진 어둠의 망령들이 카르나크의 사령술로 재조립되니…….

"일어나라, 나의 종이여. 새로운 주인의 명을 받들라!"

어둠의 사역마가 되어 귀곡성을 터트리며 다른 망령들에게 덤벼든다.

꺄아아아악!

세라티도 카르나크도 무리 없이 데츠라스의 사령술을 상대하고 있었다.

슈트라프를 상대하던 때에 비하면 다들 장족의 발전이었다.

아, 바로스 빼고.

"헛! 차앗! 타앗! 이얍!"

열심히 칼 들고 날뛰는 덩치 큰 기사를 보며 카르나크가 한숨을 내쉬었다.

"그때랑 달라진 게 없는 부분도 있구나."

그때나 지금이나 그냥 바로스.

여전히 궁극의 경험치를 지닌 일개 검사다. 더 나아진 것도 못해진 것도 없다.

"너, 대체 언제쯤 오러 익힐래?"

"누군 뭐 익히기 싫어서 안 익힌답니까? 노력해도 안되는 걸 어쩌라고."

뭐, 바로스는 당시에도 잘만 싸우던 작자였다. 당연히 지금도 별문제는 없다.

시간이 흐를수록 데츠라스의 군세는 더더욱 밀리고 있었다.

"크윽……."

신음을 흘리며 데츠라스는 카르나크를 노려보았다.

'대체 저놈은 정체가 뭐란 말이냐?'

저 젊은 사내, 카르나크의 사령술은 실로 엄청나다.

미천하다 할 정도로 빈약한 사령력, 그것만으로도 데츠라스와 필적하는 강력한 술법을 연신 구사하고 있다.

하지만 데츠라스가 경악한 이유는 따로 있었다.

'……저건 이해할 수 있어.'

그는 원래 마법사였다. 사실 사령술에 입문한 지는 채 몇 년 되지도 않았다.

게다가 소심한 성격이기도 했다. 강력한 사령술사가 된 후에도 상대의 실력을 모른다는 이유로 수하들을 먼저 미끼로

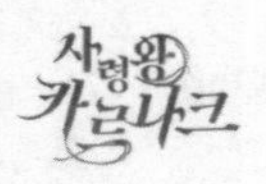

내보낼 정도로.

그렇기에 데츠라스는 스스로를 꽤나 냉정하게 평가하고 있었다.

사령술을 배우고 방대한 사령력을 얻어 강해진 건 틀림없다. 그러나 사령술사로서의 수준 자체가 높은 건 아니다.

그러니 '전통적인 사령술사'가 자신보다 훨씬 뛰어난 기량을 발휘한다 해도 아주 이해 못 할 일은 아닌 것이다.

'하지만 저건 도저히 이해가 가지 않아!'

저자는 분명 전통적인 사령술사였다. 저토록 효율적이고 강력한 사령술을 구사하는 걸 보면 틀림없다.

그런데 6서클 주문을 쓰다니?

'어떻게 사령술과 마법을 같이 쓸 수 있는 거지?'

데츠라스 자신도 마법과 사령술을 같이 쓰면서 뭘 그 정도로 놀라나 싶겠지만, 이는 사실 검은 신의 교단의 근간을 뒤흔드는 엄청난 사건이다.

'저건 오직 테스라낙 님의 축복으로만 가능한 일이 아니었나?'

마법과 사령술을 함께 구사한다는 것은 단순히 강해진다는 것 이상의 의미를 지닌다.

오러, 신성력, 마나, 사령술은 서로 섞이지 않는다. 이것이 일곱 여신이 정한 정명한 세상의 이치.

그런데 그 신의 이치를 깬다?

이는 테스라낙이 진정한 죽음의 신이자 초월적인 존재라는 명백한 증거인 것이다.

그렇기에 많은 이들이 검은 신의 교단에 몸을 의탁했다.

단순히 힘이 더 생겨서, 새로운 권능이 늘어서가 아니었다. 저 사실이 곧 교리의 진실성을 증명하기에, 새로운 세상이 열림을 진심으로 믿고 교단의 가르침을 따랐다.

'그런데 교단과 아무 상관도 없는 자가 마법과 사령술을 함께 구사하다니…….'

테스라낙의 가르침 자체를 뒤흔드는 일이다.

저걸 인정하는 순간 검은 신의 교단은 교리의 뿌리부터 흔들리게 된다.

'그럴 리가 없지.'

그렇다면 내릴 수 있는 결론은 하나뿐.

'속임수에 불과하다.'

마법과 사령술, 둘 중 하나는 가짜일 터였다. 그래야만 했다.

"후, 하마터면 현혹될 뻔했군."

침착하게 데츠라스는 양손을 들었다.

저 가짜와 달리 그는 테스라낙의 축복을 받은 몸.

진실로 마법과 사령술을 동시에 구사하는, 죽음의 신이 허락한 세상의 이치를 깨는 자였다.

"속을 것 같으냐, 어리석은 불신자!"

그의 양손에서 마나와 사령력이 동시에 피어올랐다.

"진정한 신의 가르침을 보여 주마!"

바로스는 계속해 망령들을 베어 갔다.

"허업! 타앗! 타아앗!"

하나하나가 일류 모험가에 필적하는 망령들임에도 그는 전혀 밀리지 않았다.

절묘하게 빈틈을 찌르고, 정확하게 물러서고, 필요한 만큼만 휘두르며 조금의 군더더기도 없이 치고 빠진다.

실로 육체의 힘만으로 보일 수 있는 극한의 퍼포먼스였다.

지켜보던 세라티가 동경의 눈빛을 보냈다.

"아, 나도 저렇게 움직이고 싶다……."

그녀에게 눈을 흘기며 바로스가 투덜거렸다.

"내가 할 소리거든요!"

세라티 역시 망령들을 상대하고 있긴 마찬가지, 그러나 그 양상은 바로스와 크게 달랐다.

다가오면 찌른다. 혹은 벤다. 혹은 팬다.

이걸로 끝!

무슨 엄청난 기교나 기술 따위 필요 없다.

오러 유저답게 기본적인 신체 능력이 너무 압도적으로 차이가 나서 망령들이 뭘 어쩔 수 없는 지경인 것이다.

게다가 검에 맺힌 붉은 오러는 워낙 파괴력이 높아 스치기만 해도 망령들을 펑펑 터트려 버린다.

쾅! 쾅! 콰콰쾅!

"아, 진짜 서러워서 빨리 오러 익혀야지, 원."

상성의 문제였다.

강력한 적 하나라면 오히려 바로스가 유리하겠지만, 만만한 적들이 여럿 몰려온다면 오러 유저인 세라티를 감히 따라잡을 수 없다.

덕분에 데츠라스의 망령 군단은 무서운 속도로 그 수가 줄어들고 있었다.

상황을 살피던 카르나크가 중얼거렸다.

"이 정도면 저쪽 사령력도 많이 깎았고……."

슬슬 본체를 처리해도 될 듯하다.

그가 막 다음 술법을 준비하려던 차였다.

데츠라스가 갑자기 이상한 소릴 하며 인상을 팍 썼다.

"속을 것 같으냐, 어리석은 불신자!"

"응?"

"진정한 신의 가르침을 보여 주마!"

"……내가 뭘 속였다는 거야?"

무슨 소리인지는 모르겠지만, 하여튼 풍기는 기세는 심상치 않았다.

데츠라스의 전신에서 강렬한 마나와 사령력이 동시에 뿜어져 나오고 있었다.

'혹시 모르니 대비는 해야겠다.'

카르나크가 방어결계를 펼쳤다.

10여 개의 시꺼먼 형상이 카르나크 일행 주위를 빙빙 돌기 시작했다. 그림자를 이용해 암흑의 방패를 만드는 사령술이었다.

동시에 데츠라스의 마법이 발동했다.

"일어나라! 대지의 혼이여!"

쿠우우웅!

바닥의 흙과 바위가 뭉치며 솟구치더니 이내 2미터에 달하는 흙인형이 되었다.

바로스와 세라티가 멍한 표정을 지었다.

"어, 저건……."

당장 얼마 전에도 본 적이 있다.

킹스 오더의 마법사 타르만이 뱀파이어를 상대할 때 구사한 그 마법이다.

"골렘 소환 주문?"

카르나크도 의아한 눈치였다.

'굳이 저 마법을?'

골렘 소환술은 분명 5서클 중에선 최상급에 속하는 강력한 마법이다. 위력도 결코 나쁘지 않다.

하지만 지금의 카르나크에겐 그다지 어려운 상대가 아닌 것이다.

마법도 6서클에 올랐고 제법 강력한 사령술도 구사하게 되었다. 골렘 1기쯤은 충분히 부술 힘이 있다.

'바로스 잡으려고 꺼냈나?'

과연 바로스가 안색을 굳히며 뒤로 물러섰다.

"저건 좀 무리네요."

마법의 흙인형, 골렘은 말 그대로 움직이는 돌덩이다. 그저 단단하고 힘 센 게 전부라서 기교로 파고들 틈이 전혀 없다.

반면 세라티는 오히려 화색이 되었다.

"제가 처리할까요?"

돌처럼 단단하다고? 그럼 투기검으로 바위 자르듯 슥삭 잘라 버리면 그만이다.

워낙 튼튼하니 일격에 부수기야 힘들겠지만 골렘은 워낙 움직임이 느리다.

그냥 사과 깎듯이 느긋하게 외부부터 두들기면 쉽게 부술 수 있다.

"골렘쯤이야 뭐……."

투기검을 고쳐 쥐며 그녀가 막 나설 때였다.

데츠라스가 재차 주문을 이어 갔다.

"네 주인이 명한다! 강림하라, 통곡하는 흑암의 갑주여!"

휘이이잉!

대기가 휘몰아치며 어둠이 허공에 응집되기 시작했다.

이내 거대한 갑옷이 대검을 쥔 채 모습을 드러낸다. 스스로 움직이는 어둠의 갑주, 리빙 아머 중에서도 최상위급 언데드인 데스 아머였다.

이번엔 세라티의 안색이 굳었다.

"윽, 저건 까다로운데……."

데스 아머는 무인의 잔존 사념이 깃들여 움직이는 어둠의 마물이다.

검사의 움직임을 그대로 재현하니 강도는 골렘만 못할지 몰라도 검술을 제대로 구사한다.

게다가 본체가 존재하지 않으니 상대하는 입장에선 훨씬 헷갈리고 까다롭다.

검술이란 건 기본적으로 사람 죽이라고 만든 것이지, 갑옷 부수라고 만든 게 아니니까.

그때 카르나크가 중얼거렸다.

"괜찮아, 세라티."

"네?"

"데스 아머는 내가 상대할 수 있어."

데스 아머가 골렘보다 훨씬 강력한 소환체이긴 하지만, 어차피 그의 입장에선 거기서 거기다. 약점을 뻔히 알고 있으니까.

골렘을 세라티에게 맡기고 본인이 데스 아머를 상대하면 큰 문제가 아닌 것이다.

"그러네요, 분위기가 심상찮기에 엄청난 짓 하는 줄 알았는데 별거 아니었나?"

막 안심하려던 세라티는 문득 의아해했다.

카르나크와 바로스의 표정이 여전히 굳어 있었다.

"왜 그러세요, 둘 다?"

그녀의 질문에 두 사람이 나직한 목소리를 흘렸다.

"뭔가 좀……."

"이상하죠, 도련님?"

세라티의 말대로, 확실히 분위기가 심상치 않았다.

저 술법을 펼친 데츠라스의 얼굴엔 분명 비장의 각오가 서려 있었다.

"그런데……."

이해가 안 간다는 듯 바로스가 뇌까렸다.

"고작 저 정도로 그런 표정을 짓는다고요?"

데츠라스는 가쁜 숨을 몰아쉬었다.

"후우, 후우……."

골렘 소환술은 그가 구사할 수 있는 최고의 마법이었다.

데스 아머 역시 사령술로 부를 수 있는 최강의 마물.

하지만 이 정도로 눈앞의 불신자들을 이길 수는 없다. 그만큼 저들은 강하고, 또 사령술에 능숙하다.

그러니, 여기서 교단이 내려 준 최후의 수단을 쓴다!

"크, 크윽!"

전신에서 마나와 사령력이 뒤섞여 소용돌이친다.

조금이라도 제어에서 벗어나면 이 소용돌이가 그의 영혼을 박살 내 산산이 흩어 버리겠지.

그럼에도 물러서지 않는다.

저 거짓된 불신자들에게 진정한 신의 위업을 보여 줘야 한다. 그것이 진리를 섬기는 이의 의무다.

"위대한 테스라낙이시여……."

목숨을 도외시한 채 데츠라스는 양손을 앞으로 모았다.

"신실한 종에게 당신의 축복을 내리소서!"

골렘의 전신에서 마나의 광채가 솟아난다.

데스 아머로부터 어둠이 짙게 뻗어 나온다.

'또 뭐야?'

카르나크가 경계하며 눈살을 찌푸릴 때였다.

2미터에 달하는 바위 거인이 갑자기 두 팔을 허공으로 활짝 펼쳤다. 동시에 데스 아머가 허공에서 산산조각으로 흩어졌다.

그렇게 분해된 어둠의 갑주가 일제히 골렘에게로 날아가

더니, 그대로 척척 각 부위에 착용된다!

철컹! 철컹! 철컹철컹!

요란한 쇳소리와 함께 2미터에 달하는 바위 거인이 육중한 데스 아머를 걸친다.

살아 있는 갑주의 어둠이 흙인형에게 스며들어 신체 전체를 강화시키며 점점 거대해진다.

이제 그곳에 있는 것은 더 이상 골렘도, 데스 아머도 아니었다. 마법과 사령술이 융합해 탄생한 새로운 존재, 골렘 나이트였다.

칠흑의 검을 치켜들며 골렘 나이트가 포효를 터트렸다.

크아아아아아!

방대한 사기와 마나가 충격파가 되어 사방으로 퍼져 나갔다.

카르나크의 방어결계를 일순 뒤흔들 정도로 강력한 위력이었다.

"윽!"

"뭐예요, 저건?"

바로스와 세라티가 당황하며 카르나크를 돌아보았다.

"으하하하하!"

통쾌하다는 듯 데츠라스가 광소를 내질렀다.

"보아라! 이것이 진정한 신의 위용이다!"

❧

시야를 가득 메운 2.3미터의 거체를 노려보며 바로스는 애매한 표정을 지었다.

'골렘에 데스 아머를 입혔다고?'

글쎄, 골렘이란 건 기본적으로 갑옷을 입힐 필요가 없다.

애초에 골렘의 장점은 강도와 괴력인데?

원래 탄탄한 몸에 갑주 덧붙여 봐야 더욱 무겁고 느려지기밖에 더하겠는가?

그런데 저건 일반 갑주가 아니라 데스 아머, 스스로 움직이는 갑옷이다.

"저러면 어떻게 되는 겁니까, 도련님?"

"어떻게 되냐라……."

골렘은 무지막지한 방어력과 괴력이 장점. 대신 너무 느리고 동작이 단순하다.

리빙 아머는 가공할 스피드가 장점, 왜냐면 갑옷만으로 움직이니까. 게다가 갑옷에 깃든 영혼의 무위에 따라 위력적인 검술 또한 쓸 수 있다.

반면 내구도는 아무래도 낮다.

속이 꽉 찬 돌덩이와 속이 텅 빈 깡통, 둘 중 어느 쪽이 더 잘 찌그러지겠는가?

'그런데 둘이 합쳐졌다면…….'

무지막지한 방어력과 괴력을 지닌 골렘이, 데스 아머처럼 날래게 움직이며 위력적인 검술을 보인다? 심지어 어둠의 기운까지 쓰고?

"어, 저거 만만치 않겠는데?"

카르나크의 말이 채 끝나기도 전에 골렘 나이트가 움직였다.

크오오오!

포효를 흘리며 무서운 속도로 대지를 짓밟으며 돌진해 칠흑의 검을 휘두른다!

'헉?'

'빠르다!'

놀란 세라티와 바로스가 허겁지겁 카르나크 앞을 가로막았다.

바로스가 카르나크를 피신시키고 그 틈에 세라티가 투기검으로 반격에 나선다.

"타앗!"

어둠의 힘이 뻗어 나와 붉은 오러와 충돌했다.

파공음이 울리며 충격파가 그녀의 전신을 날려 버렸다.

"크윽!"

간신히 자세를 되돌리며 세라티는 바닥에 착지했다. 그리고 오만상을 찌푸렸다.

'이거 어지간한 고위 악마 이상이잖아!'

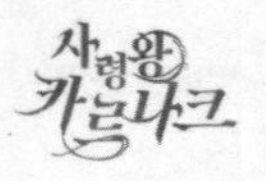

따로 놓고 보면 충분히 상대할 수 있는데, 둘을 합쳐 놓으니 슈트라프가 소환했던 마즈눈조차 능가하는 괴물이 되어 버린 것이다.

"작렬의 마탄!"

카르나크의 마법탄이 골렘 나이트에게 날아들었다.

하지만 딱히 효과는 없었다.

데스 아머의 마법 저항력이 워낙 높아 6서클 마법조차 튕겨 버리는 것이다.

그렇다고 데스 아머 쪽을 파해하자니 마나와 사령력이 섞여 있어서 간섭할 수가 없다.

긴장한 얼굴로 바로스가 카르나크를 돌아보았다.

"이제 어쩝니까, 도련님?"

마즈눈은 그래도 상대하는 법은 알고 있었다. 그냥 원체 센 놈이어서 문제였지.

그런데 저 골렘 나이트는 마법과 사령술의 괴상한 조합이라 기존 상식이 전혀 통하지 않는다.

"그냥 무식하게 힘으로 때려 부수는 방법밖에 없겠는데요?"

시큰둥한 대꾸가 돌아왔다.

"이건 예상 못 했는데."

"또요?"

바로스의 안면이 팍 구겨졌다.

예상 못 했단 소리가 대체 몇 번째야, 이거?

그러던 중이었다.

'어라?'

카르나크의 표정이 평소와 달랐다.

예상 못 한 사태를 맞이했을 때의 전형적인 반응, 당황이나 두려움 등이 전혀 보이지 않는다.

'뭐지? 이번엔 왜 저리 태연하시대?'

육중한 일격이 허공을 가른다.

어둠의 검이 뻗어 와 바닥과 천장을 뚫고 건물 전체를 통째로 베어 간다.

그 가공할 거력 앞에 2층짜리 목조건물은 수수깡만도 못했다.

콰콰쾅!

피어오르는 폭연과 무너지는 파편 사이로 세 그림자가 날쌔게 빠져나왔다.

투기검을 쥔 세라티가 이를 악물었다.

"젠장!"

벌써 몇 번이나 골렘 나이트를 두들겼지만 흠집 조금 난 것이 전부였다.

정확하게 때려도 부수기 힘들 정도로 강도가 높은데, 심지어 제대로 맞아 주지도 않는다.

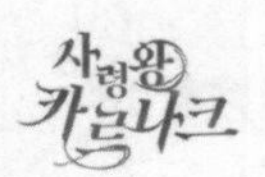

데스 아머에 깃든 무인의 검술이 그녀의 공세를 죄다 막거나 흘려 버리는 것이다.

'도저히 답이 안 보여!'

자신보다 압도적으로 단단하고 빠른데 기술적인 면에서도 오히려 우위.

모든 면에서 세라티가 우세한 부분이 없었다.

월등히 수준이 높은 오러 유저를 상대하는 느낌이었다.

"으하하하!"

데츠라스가 통쾌한 듯 외쳤다.

"진정한 신의 권능을 보았느냐?"

정신없이 골렘 나이트의 공세를 피하며 세라티는 이를 갈았다.

"이 정도에 뭔 신의 권능씩이나 갖다 붙여? 그냥 좀 센 퍼플급 오러 유저 수준이잖아!"

솔직히 저 골렘 나이트가 세긴 하지만, 그래도 각 왕국의 기사단장급이라면 얼마든지 감당할 수 있는 것이다.

저 정도 가지고 신의 권능이니 어쩌니 하고 있으니 보는 쪽이 부끄러워질 지경이다.

하지만 데츠라스는 당당했다.

"과연 어리석은 눈먼 자들이로다. 진실을 목전에 두고도 알아보지 못하느냐?"

사실 성직자나 마법사가 보면 경악할 일이 맞았다.

골렘 나이트의 전투력이 중요한 게 아니다.

마법과 사령술이 융합될 수 있다는 사실 자체가 있을 수 없는 일, 여신의 이치를 초월하는 사악한 기적이다.

신의 권능이라 칭해도 부끄럽지 않다.

하지만 세라티가 거기까지 알 리가 없지.

“자기만 아는 걸 가지고 뭘 저렇게 열심히 잘난 척이래?”

투덜대며 그녀가 바로스에게 마법 전언을 날렸다.

[어떻게 해요, 이제?]

[그, 글쎄요?]

바로스는 맞은편에서 계속 기회를 노리고 있었다.

어차피 그의 검으론 골렘 나이트를 어쩔 수 없다.

골렘 나이트가 작동 정지된 채 서 있고, 그 상태로 죽어라 두들겨도 팔 하나 자르는 데 몇십 분은 걸릴 테니까.

그래서 아까부터 데츠라스를 노리는 중이었다.

원래 소환수가 상대라면 술사 본인을 노리는 게 상식인 법이다.

문제는 술사 입장에서도 자기 몸 지키는 건 상식이란 점이지.

‘도통 기회가 안 오네.’

아까부터 몇 번이나 몰래 데츠라스에게 접근하려 했지만 소용없었다.

그때마다 골렘 나이트가 칼같이 어둠의 대검을 날려 바로

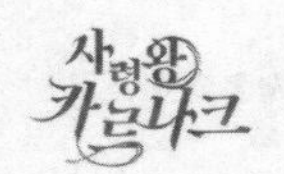

스를 물러서게 만들었다.

그때마다 허점을 드러내 세라티의 일격을 허용한다는 약점이 생기지만…….

타앙!

기껏 생긴 허점에 정확히 투기검을 날려도 동체 자체가 워낙 단단하니 별문제가 안 된다.

'제기랄!'

'이제 어쩌지?'

그야말로 앞뒤 양옆 다 막힌 형국이었다.

자연스레 둘의 시선이 뒤로 향했다.

이제 믿을 수 있는 건 왕년의 위대한 사령왕, 카르나크뿐.

[도련님?]

[카르나크 님?]

카르나크는 아까부터 영 싸울 생각 없이 마냥 구경 중이었다.

"와, 저게 되네."

"와, 저런 것도 되네."

"누가 저런 술식을 짠 거지? 마법적인 조예가 엄청나게 깊어야 할 텐데……."

연신 중얼중얼하면서 흥미진진하다는 표정으로 상황을 지켜보는데, 목숨 걸고 뛰어다니는 입장에선 참으로 울화통 터지는 모습이었다.

'저 인간, 대체 뭐 하고 있는 거야?'

발끈한 세라티가 언성을 높였다.

[비장의 한 수가 있다면 우리 죽기 전에 써 주시면 안 될까요?]

혹시나 싶어 바로스도 빠르게 말을 이었다.

[설마 플랜 P 믿고 계시는 거면 생각 바꾸십쇼! 저건 제가 세라티 경 육체 좀 차지한다고 어찌할 수 있는 수준이 아닙니다!]

카르나크가 쓴웃음을 지었다.

"좀 더 보고 싶긴 하다만, 일단은 처리해야겠군. 나머지는 직접 물어봐야지."

아까부터 태연한 그를 보며 바로스는 의아해했다.

아무리 봐도 믿는 구석이 있는 것 같은 얼굴인데, 그게 뭔지 짐작이 영 가질 않았다.

특성상 저 골렘 나이트는 기교만으로는 상대할 수 없다. 강력한 물리력이나 마법, 혹은 사령력이 필수로 받쳐 주어야 한다.

방패를 든 전사를 쓰러뜨리는 건 기술만으로도 되지만, 방패 자체를 부수는 건 순수한 힘이 필요한 것과 같다.

현재의 카르나크에게 그 정도 힘이 없다는 건 바로스 자신이 너무나 잘 알고 있었다.

[대체 뭘 믿고 그리 태연하신 겁니까? 예상 못 한 상황이

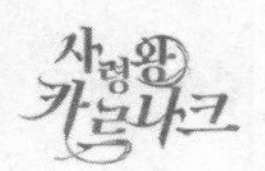

라면서요?]

[응, 예상 못 했어.]

자신만만하게 카르나크가 양손을 들었다.

[하지만 대충 이런 상황은 올 것 같았거든. 나도 학습이란 걸 하잖니?]

말인즉슨, '예상 못 할 일이 터질 것 같다'는 예상은 했다는 소리다.

[그래서 이번엔 든든하게 대비를 해 뒀지. 뭔 일이 터져도 어떻게든 되게.]

[그게 뭔데요?]

카르나크가 들어 올린 양손을 내렸다.

손끝에서 어둠이 흘러가 바닥으로 스며들었다.

[얘네들.]

대지를 타고 흐르는 어둠의 흐름, 그 끝에서 죽은 자가 다시 일어나 우뚝 선다.

소름 끼치는 목소리가 메마른 목구멍 사이로 새어 나온다.

"나의 주인이시여……."

"명을 내리소서……."

싱글벙글 웃으며 카르나크가 손가락질을 했다.

"나야 사령력이 미천하지만."

새까만 로브를 걸친, 방대한 어둠을 사방으로 흘려 대는 2구의 시체를.

"이분들은 넘쳐 나시잖냐?"

데츠라스의 안색이 굳었다.

"……케일? 올트?"

저 미친놈이, 방금 죽은 그의 부하들을 언데드로 일으켜 버렸다!

청색의 피부 위로 허옇게 표백된 죽은 눈동자가 드러난다.

2구의 시체에서 짙은 어둠이 연신 흘러나온다.

뭐, 딱히 신기할 것은 없었다.

원래 시체를 좀비로 일으키면 흔히 벌어지는 현상이었다.

죽은 자가 사기에 찌든 사령술사였으니 새어 나오는 것도 당연히 많겠지.

하지만 이어진 일은 분명 데츠라스의 상식을 초월한 것이었다.

케일의 손에 어느새 작은 랜턴 하나가 들려 있다. 아까 카르나크가 챙겨 두었던 귀물, 망혼의 호롱이다.

"일어나라, 저주받은 전사의 혼들이여……."

푸른 호롱불이 피어나며 무수한 망령의 군세가 사방에서 솟구치기 시작했다.

"으어어어……."

"으아아아아……."

올트 역시 악마의 형상으로 변하며 덩치가 부풀어 오른다. 특기인 악마화 술법이다.

"지옥의 힘이여, 내게 임해 혼돈의 권능이 되어라!"

데츠라스는 눈을 의심했다.

둘 다 생전 자신의 주특기를 정확하게 구사한 것이다.

'맙소사!'

그 역시 나름 고위 사령술사다. 저게 얼마나 말도 안 되는 짓인지 잘 안다.

'사령술로 죽은 사령술사의 사령력을 조종해서 사령술을 쓰게 만든다고?'

말하는 것만으로도 혀를 깨물 것 같다.

인간이 저렇게까지 복잡한 술식을 구사하는 게 과연 가능하기나 한가?

하지만 분명 눈앞에서 그런 일이 펼쳐지고 있었다.

"가라, 나의 하수인들아……."

좀비가 된 케일이 음침한 음성을 토했다.

"어둠의 명에 따라 네 주인의 적을 쳐라……."

유령 병사들이 우르르 골렘 나이트에게 밀려들었다.

동시에 악마화된 올트도 포효를 터트리며 몸을 날렸다.

"크아아아아!"

황급히 정신을 차린 데츠라스가 새로운 명령을 내렸다.

'저놈들도 물리쳐라!'

어둠의 검을 휘두르며 골렘 나이트가 거구를 움직였다.

우오오오!

검의 궤적마다 유령 병사들이 산산이 흩어져 박살 난다.

거대한 악마가 골렘의 거력에 눌려 오히려 뒤로 튕겨 난다.

쾅! 콰콰쾅!

연신 폭음이 울리며 검은 파문이 사방으로 퍼져 나갔다.

악마의 목을 잡아 대지로 처박는 골렘 나이트를 보며 데츠라스가 콧방귀를 뀌었다.

"흥! 그래 봤자 달라지는 건 없다!"

어차피 살아생전 두 사람이 힘을 합쳐도 자신보다 약했다. 그런데 죽은 후라고 더욱 강해질 리가 없잖아?

카르나크가 연달아 말도 안 되는 일을 벌이고는 있지만, 그렇다고 그게 뭐 엄청나게 강력한 수법까진 아닌 것이다.

그냥 신기한 일일 뿐이지.

"어차피 둘 다 내 상대는 아니니!"

의외로 카르나크는 쉽게 수긍했다.

"아, 물론 그렇지. 그런데……."

갑자기 날아든 작렬의 마탄이 골렘 나이트의 뒤통수를 강렬하게 두들겨 댔다.

쾅! 콰콰쾅!

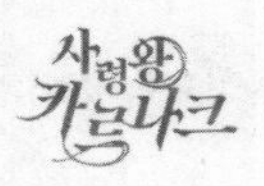

덕분에 유령 병사들이 다시 대열을 갖춘다. 위기 상황이었던 악마화된 올트도 도로 몸을 일으킨다.

워낙 시기적절하게 끼어든 공격인 탓이었다.

"여기 재들만 있나?"

그렇다. 저들이 가세했다고 카르나크 일행이 손 놓고 있을 이유는 어디에도 없다.

그새 숨을 돌린 바로스와 세라티가 기세등등하게 몸을 날렸다.

"이제 좀!"

"상황이 편하게 굴러가네요!"

두 사람까지 가세하니 전황은 급속도로 기울어지기 시작했다.

일단 케일의 유령 병사들이 매우 효용도가 높았다.

카르나크가 케일에게 명령을 내린다. 그걸 케일이 그대로 망혼의 호롱에 지시한다.

"나의 종이여, 저자를 노려라!"

카르나크의 의도대로, 유령 병사들은 골렘 나이트를 무시한 채 데츠라스 본인을 노리고 사방에서 날아들었다.

물론 데츠라스도 두고 보지만은 않았다.

"큭! 네 주인을 지켜라!"

골렘 나이트를 조종해 접근하는 유령 병사들을 모조리 날려 버린다.

워낙 어둠의 검이 강력하다 보니 스치는 건 물론이고, 그 여파만으로도 망혼들이 수십 단위로 날아간다.

펑! 펑! 퍼퍼펑!

그러고 그때마다 아까처럼 골렘 나이트 쪽에 허점이 드러나는데…….

"타앗!"

기합을 터트리며 세라티가 투기검으로 골렘 나이트의 갑주를 길게 베어 냈다.

파지지직!

물론 이번에도 갑주에 금이 조금 생길 뿐이었다. 여전히 그녀에게 데스 아머를 한 방에 부술 정도의 위력은 없었으니까.

"하지만 이번에는 이야기가 다르거든?"

여기에 추가로 악마화된 올트의 손톱이 강타!

콰아앙!

때린 데 또 때리니 데스 아머의 갑주조차도 결국 부서지지 않을 수 없었다.

데츠라스가 미간을 찌푸렸다.

"이런……."

골렘 나이트에게만 방어를 맡길 수 없을 것 같았다. 그래서 재빨리 다른 수를 준비했다.

"망자여, 눈을 떠 혼돈의 손을 뻗어라!"

사령결계, 가라앉는 망자의 늪이었다.

이내 핏빛 어둠이 깔리며 무수한 지옥의 손길이 솟아 나왔다.

하지만, 여태 그가 사령결계를 펼치지 않은 이유가 뭐였던가?

딱!

카르나크가 손가락을 튀기자마자 내밀었던 손들이 쏘옥 들어가 버린다.

'아차! 저놈은 저런 능력이 있지?'

그래서 여태 사령결계를 안 썼던 건데, 너무 급하다 보니 잠시 잊었다.

자신의 불찰을 후회하며 데츠라스는 도로 골렘 나이트 쪽으로 정신을 집중했다.

'믿을 수 있는 건 이 술법뿐이라는 거군.'

그동안에도 골렘 나이트의 갑주는 계속 부서지고 있었다.

아까는 세라티 혼자였지만 지금은 악마화된 올트도 가세했다.

둘이서 같이 두들겨 대니 단순하게 봐도 공격력이 2배다.

게다가, 공격 기회도 아까보다 훨씬 많아졌다.

"오, 저쪽이 잘하고 있구만. 그럼 나도……."

눈치를 보며 바로스는 지속적으로 데츠라스 주위를 맴돌았다.

케일의 유령 병사들 사이에 끼어들어 절묘하게 치고 빠지기를 반복한다. 그때마다 제 목숨이 가장 귀한 데츠라스가 무조건 골렘 나이트로 하여금 자신을 보호하게 한다.

"날 지켜라!"

그럼 세라티와 올트 쪽으로 순서가 넘어가지.

"기회다! 골렘 때려!"

어쩔 수 없이 데츠라스는 또 골렘 나이트를 보호해야 하고…….

"저, 저쪽부터 처리해라!"

그러면 또 치사하게 데츠라스를 노린다.

"기회다! 저놈 때려!"

"나, 날 지켜라!"

"기회다! 골렘 때려!"

"으아아아! 저 빌어먹을 놈드으을!"

그야말로 기사도와는 담을 쌓은, 차륜전의 극치라 하겠다.

세라티가 문득 혀를 찼다.

'어휴, 누가 보면 우리가 악당인 줄 알겠네.'

생각해 보니 틀린 말도 아닌 것 같다.

사령술 펑펑 쓰면서, 시체와 망령을 조종해, 다수의 힘으로 1명을 핍박하고 있는데, 이게 악당이 아니면 뭐가 악당인가?

"제, 제기랄!"

치를 떨며 데츠라스는 계속 마나와 사령력을 끌어 올렸다.

"이, 이 정도로!"

뇌가 타는 듯한 고통을 이겨 내며 골렘 나이트에 마나와 사령력을 주입하고 또 주입한다.

"테스라낙께서 내리신 권능이 깨질 것 같으냐!"

그 발악에 가까운 활약 덕분인지, 골렘 나이트는 너덜너덜해지면서도 여전히 버티고 있었다.

카르나크가 혀를 찼다.

"아, 저거 진짜 단단하네."

바로스가 슬쩍 전언을 날렸다.

[어쩌죠? 아직도 파괴력이 많이 부족한데요.]

[파괴력이 모자라다면…….]

카르나크는 방긋 웃었다.

지금 수준으로도 강력한 파괴력을 낳을 수 있는 수법이 있었다.

[이러면 되지.]

그가 정신파로 명령을 보냈다.

"가라, 나의 종들이여."

케일과 올트가 갑자기 골렘 나이트를 향해 달려 나간다. 그리고 대뜸 몸을 던진다.

당연하게도 골렘 나이트가 어둠의 칼날을 내뿜어 두 사령술사들을 꿰뚫어 버리는 바로 그 순간.

"시체 폭발."

무지막지한 폭음이 슬럼가 전역을 뒤흔들었다.

콰아아아아아앙!

검붉은 안개가 사방에 피어올라 시야를 가득 메운다. 죽은 이의 체액이 끈적거리는 소나기가 되어 거리를 뒤덮어 간다.

데츠라스는 잠시 멍한 표정을 지었다.

"……."

인간이 저렇게까지 깔끔하게 터져 버리는 일은 흔치 않은 것이다.

끔찍함이 도를 지나쳐서 오히려 현실성이 느껴지지 않는 경우였다.

물론 뒤이어 우박처럼 떨어지는 살점과 뼛조각, 뱀처럼 춤추는 내장의 파편들, 알사탕처럼 데굴거리는 안구 등은 그를 현실로 끌어내리기에 충분했다.

"으아아악!"

기겁하며 데츠라스가 연신 뒷걸음질을 쳤다.

사악한 사령술사로 온갖 악행을 저지른 그조차도 상상 못 한 지옥의 풍경이었다.

"아, 악마 같은 놈!"

조금 전까지 살아 있던 이들이 아닌가?

아무리 사령술사라지만 어떻게 같은 인간에게 저렇게까지!

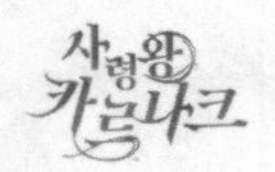

"인간의 탈을 쓰고 어찌 이런 짓을 할 수 있단 말이냐!"

카르나크가 고개를 갸웃거렸다.

"내가 그렇게 못 할 짓을 했나?"

욕먹는다고 딱히 기분 나쁠 것까진 없었다. 그 정도 비난이야 평생 받고 살았다.

하지만 같은 업계인(?)에게 저런 소리를 들을 줄은 미처 몰랐다.

"고작 시체 좀 박살 낸 것뿐인데 왜 저리 난리야? 자기도 사령술사면서."

뒤늦게 정신을 차린 세라티가 더듬거리며 말했다.

"……엄청나게 끔찍한 짓 맞거든요, 카르나크 님! 남들이 보면 무조건 우리부터 척살하려고 할 거예요."

"그 정도야?"

"예."

세라티는 단호하게 대답했다.

여기서 확실하게 짚어 놔야 추후에 카르나크가 그나마 조심을 할 것 같았다.

과연 카르나크와 바로스가 반성의 빛을 보였다.

"욕먹을 짓인 줄은 알았지만, 그 정도일 줄은 몰랐네."

"그러게요."

이어진 반응이 상식 밖이라 문제지만.

"앞으로 시체 폭발 쓸 땐 보는 사람 다 죽여야겠다."

"쓰고 나서 청소도 더욱 신경을 쓰고요."

어이가 없어 세라티가 물었다.

"……그 수법을 안 쓴다는 선택지는 없는 건가요?"

두 사내가 동시에 눈을 깜빡였다.

"왜?"

"왜 쓰지 마요?"

그녀는 한탄했다.

'아, 진짜 모르는구나, 둘 다.'

보통은 이런 경우 나름대로 변명을 하기 마련이다.

목숨이 걸렸는데 왜 수단 방법을 가리느냐, 혹은 하찮은 세간의 시선을 왜 신경 쓰냐 하는 식으로.

저들은 다르다.

칼 쓰지 말라는 소리를 들은 검사, 혹은 마법 쓰지 말라는 소리를 들은 마법사 같은 표정이었다.

변명도 어느 정도 자기가 잘못한 줄 알 때나 하는 행위인 것이다.

"에휴, 됐어요."

한숨을 쉬며 세라티는 골렘 나이트 쪽을 바라보았다.

더 이상 거대한 바위 거인은 존재하지 않았다. 그저 돌로 된 발 2개만 덜렁 남아 있었다.

그렇게 두들겨 대도 버티던 골렘 나이트가 한 방에 박살 난 것이다.

과연 엄청난 파괴력이었다.

사령력이 가득했던 시체를 2구나 일시에 폭발시켰으니 당연한 결과겠지만.

카르나크가 차가운 미소와 함께 데츠라스를 노려보았다.

"자, 이제 뭐 더 꺼낼 밑천도 없지?"

데츠라스는 아랫입술을 깨물었다.

맞는 말이다. 골렘 나이트가 박살 나며 마나도 사령력도 모조리 고갈되어 버렸다.

"크, 크크크……."

허탈한 웃음이 폐부를 통해 흘러나왔다.

"강하구나, 불신자여. 정말 강해……."

이제 그에게 남은 선택지는 하나뿐.

'이대로 교단의 비밀을 누설하기 전에 자살할 수밖에…….'

주르륵…….

데츠라스의 입가에서 핏물이 흘러나왔다.

케일과 올트가 사용했던 자결용 술법, 심장 폭발의 결과였다.

물론 카르나크는 어이없어했다.

"얘도 바보네. 사령술사 앞에서는 자살해 봤자라니까?"

바로 어둠의 손을 꺼냈다. 평소처럼 데츠라스의 영혼을 제압하기 위해서였다.

하지만 아무래도 그는 두 부하와는 달랐던 모양이다.

"테스라낙이시여, 부디 제 영혼을 거둬 주소서……."

죽어 가며 마지막 음성을 토한다. 동시에 전신에서 검은 빛의 기둥이 솟구친다.

파아아앗!

카르나크가 뻗은 어둠의 손이 솟구친 검은 기둥과 충돌해 도로 튕겨 나왔다.

"아차!"

당황한 카르나크의 표정이 구겨졌다.

저 검은 기둥의 정체가 뭔지 대충 짐작이 갔다.

'사전 계약식 영혼 전이술!'

미리 영혼에 낙인을 찍고 사망 시 거두어 가는 방식의 사령술이었다.

이대로라면 검은 신의 교단이 데츠라스의 영혼을 회수하게 되리라.

"젠장, 너무 얕봤나?"

카르나크가 허겁지겁 파해하려 했지만 검은 기둥이 더 빨랐다.

어둠이 더욱 진해지며 데츠라스의 시신을 뒤덮어 간다.

이내 영혼이 어둠 속으로 사라지기 시작했다.

"이런……."

눈 뜨고 놓치게 된 카르나크가 허탈해할 때였다.

발치에서 유령 하나가 뿅 하고 머리를 내밀었다. 방금 어

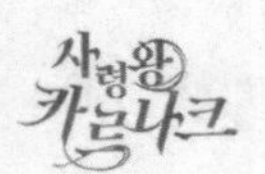

둠 속으로 사라졌던 데츠라스의 영혼이었다.

황당한 얼굴로 카르나크가 유령을 내려다보았다.

"……?"

유령도 황당한 얼굴로 카르나크를 올려다보았다.

"……?"

순간 둘 다 잠시 굳었다. 머릿속이 혼란한 탓이었다.

'테스라낙한테 간다던 양반이 왜 여기에?'

'테스라낙께서 계실 자리에 왜 저놈이?'

물론 정적은 길지 않았다.

"쯧쯧, 술법 꼬였나 보네요."

바로스의 비웃음에 카르나크는 바로 정신을 차렸다.

그렇다.

생각해 보면 사령술 쓰다 꼬이는 게 뭐 한두 번이던가?

"그러게 기초부터 탄탄하게 익혔어야지."

피식거리며 그는 다시 어둠의 손을 뻗었다.

이내 검은 손가락이 유령의 머리채를 붙잡고 질질 끌고 왔다.

"으, 으아아아!"

절규를 터트리는 데츠라스의 영혼을 보며 카르나크가 싱글벙글 웃었다.

"자, 우리도 나눌 이야기가 좀 많지?"

데츠라스의 시체와 영혼을 챙긴 뒤, 카르나크 일행은 일단 자리부터 옮겼다.

원래 강령술을 구사하던 건물은 박살 날 대로 박살 났으니 다른 은밀한 곳이 필요한 것이다.

슬럼가에서 그런 장소를 찾는 게 크게 어려운 일은 아니다. 적당히 무너진 폐허 하나를 찾아 안으로 들어갔다.

바로스가 짊어지고 온 시체를 바닥에 내려놓았다. 카르나크가 강령술 준비에 들어가며 중얼거렸다.

"이번엔 시간 좀 걸리겠네. 알아내야 할 것이 제법 많아."

주위를 경계하던 세라티가 문득 물었다.

"그럼 로이드 왕자님을 너무 오래 기다리시게 하는 거 아닐까요?"

별거 아니란 듯 카르나크가 대꾸했다.

"그래도 기다리게 해야지, 어쩌겠어? 그 인간 앞에서 사령술 쓸 수도 없는데."

"혹시 의심하지 않을까 해서요."

"의심하면 하는 거지, 그런 사소한 것까지 신경 써서야 사령술사 해 먹겠냐?"

참으로 당당한 그 대답에 세라티는 내심 납득했다.

'과연…….'

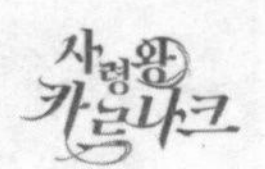

그렇게 거짓말 잘하는 사령술사들이 결국 들켜서 목 잘리는 이유가 아마도 저런 성격 탓이 아닌가 싶었다.

물론 입 밖으로 내진 않았지만.

그러는 동안 카르나크는 진지한 얼굴로 데츠라스의 시체를 내려다보고 있었다.

"이번엔 좀 집중해야겠군."

평소와 태도가 달라 세라티가 의아해했다.

"어머, 왜요?"

대답은 바로스가 대신해 주었다.

"그동안 도련님이 워낙 쉽게 유령들을 제압해서 정보 쏙쏙 빼먹은 탓에 이게 마냥 편한 수법으로만 보이겠지만, 사실은 꽤나 위험하거든요."

강령술로 불러낸 유령의 고통과 광기는 술자에게도 영향을 주는 법.

공감 능력이 높은 자라면 저 행위만으로도 죽음을 실감하며 심장이 멎게 된다.

평범한 인간이라 해도 사기와 탁기에 물들어 결국엔 미쳐버리기 마련이고.

"원래는 사령술사라 해도 함부로 펼치는 수법이 아니에요, 이거."

그냥 산 사람을 인두로 지지면 안전하게 정보 빼낼 수 있는데 굳이 위험한 다리를 건널 필요는 없다.

"그럼 카르나크 님은요?"

"나야 워낙 뛰어난 사령술사니까."

"그보다는, 애초에 도련님께 멀쩡한 공감 능력이 있을 리 없으니 여태 편하게 해 드신 거죠."

"틀린 말은 아닌데, 듣다 보니 기분이 좀 그렇다?"

투덜대며 카르나크가 양손을 모았다.

"이 인간은 실력이 제법 되니 아마 강령술 대비도 해 놨을 거야."

경지에 이른 사령술사라면 자신의 영혼을 보호하기 위해 온갖 수단을 강구하기 마련.

조심스레 데츠라스의 영혼을 불러낸다.

"와라, 나의 종이여……. 네 주인의 명에 복종하라……."

음산한 목소리와 함께 유령이 모습을 드러냈다. 동시에 주위에서 칠흑의 그림자가 피어올랐다.

캬아아아아!

섬뜩한 귀곡성과 함께 검은 파문이 사방으로 퍼진다. 순간 정신이 혼미해진 세라티가 뒤로 물러섰다.

"윽! 뭐죠?"

경계하며 바로스가 말했다.

"역시 광기의 악령이 수호하고 있었군요."

마주하는 자의 영혼을 함정에 빠트리는 사령술 중 하나였다.

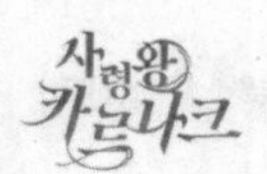

심연을 들여다보면, 심연 역시 그대를 들여다본다는 말이 있다.

상대의 영혼을 침탈하려는 순간 광기의 악령에 의해 미쳐 버리게 만드는 것이다.

그런데, 어째 이어진 상황이 예상과 좀 달랐다.

광기의 악령이 카르나크를 정면으로 마주하더니 괴성을 터트린다.

크악! 아아악!

그러더니 검은 그림자가 부들부들 떨며 제자리에서 수축하기 시작했다.

딱 봐도 못 볼 거 본 듯한 반응이었다.

'뭐야? 들여다보는 놈을 미치게 만든다며?'

세라티가 눈을 깜박였다.

"그런데 왜 저게 미쳐서 날뛰고 있어요?"

그럴 줄 알았다는 듯 바로스가 턱을 주억거렸다.

"말했잖아요. 심연을 들여다보면, 심연도 상대를 들여다본다고."

"……내 쪽이 심연이야?"

떨떠름한 표정으로 카르나크는 광기의 악령을 바라보았다.

검은 그림자가 그대로 사라져 간다.

정말이지, 어지간히 무섭고 흉악하고 추악한 뭔가에게 짓

눌린 듯한 광경이다.

억울한 듯 카르나크가 투덜댔다.

"내 영혼이 그렇게나 끔찍하다고? 그 정도는 아니지 않나?"

어이없다는 듯 바로스가 물었다.

"정말 아니라고 생각하십니까?"

"나, 많이 착해지지 않았어? 이래 봬도 회귀 후엔 사람답게 살려고 노력 많이 했는데."

"회귀한 다음부턴 그러셨죠. 그렇다고 100년 동안 쌓인 때가 1년 만에 빠지겠어요?"

"그런가?"

듣고 보니 또 납득이 간다. 카르나크가 고개를 끄덕였다.

"좀 더 열심히 사람답게 살아야겠구만."

둘의 대화에 세라티는 그저 침묵만 지켰다.

"……."

분명 그녀가 본 카르나크는 악당까진 아니었다. 열심히, 나쁜 짓 안 하고 살려고 노력하고 있다. 그건 인정한다.

그래서 지금은 착하게 사냐고? 그것도 절대 아닌 것 같거든.

'아니, 그보다 왜 바로스 경은 자기는 멀쩡한 줄 아는 거야? 비교 대상이 카르나크 님이라서 그런가?'

어쨌거나, 광기의 악령은 사라졌다. 데츠라스의 영혼이 모

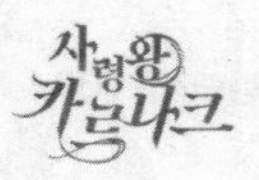

든 것을 토설할 준비가 갖춰진 셈이다.

"다시 물어봐야지."

아까 이 작자 때문에 끊겼던 질문을 이어 갈 필요가 있다.

"답해라."

흐느적대는 유령을 앞에 두고 카르나크가 물었다.

"알포드 왕자는 왜 로이드 왕자와 육체를 바꾼 거냐? 대체 무슨 이득이 있어서?"

슬럼가 구석의 허름한 오두막.

로이드 왕자는 내내 오두막 한쪽 구석에 몸을 숨기고 있었다.

'카르나크 경은 언제 오는 거지?'

아까부터 슬럼가 전체가 요동을 치며 어마어마한 폭음이 연신 울려 대니 감히 모습을 드러낼 엄두가 나지 않았다. 그저 카르나크 일행이 돌아오기만 하염없이 기다릴 뿐이다.

몇 시간이나 지났을까?

폭음이 멎고, 사방이 조용해지고도 한참이 지나서야 마침내 기다리던 이들이 돌아왔다.

"오, 돌아왔나? 어떻게 되었지?"

카르나크가 차분히 보고를 올렸다.

"적들을 물리치고, 사령술사들의 심문도 끝냈습니다. 알포드 왕자의 목적이 무엇인지 대충은 알아낸 것 같군요."

"그러한가!"

저것이야말로 로이드 왕자가 내내 기다리던 소식이었다.

그가 다급히 물었다.

"대체 이유가 뭐였나? 왜 알포드가 내 육체를 노린 거지?"

"……그게 말입니다."

쓴웃음을 지으며 카르나크는 어깨를 으쓱였다.

"처음부터 왕자님의 육체를 탐낼 생각 따위, 전혀 없었던데요."

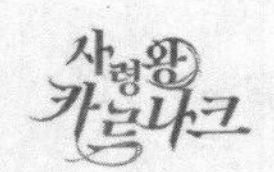

왕자의 계략

"그게 무슨 소린가?"

로이드는 의아해했다.

"내 육체를 노린 게 아니라니? 그럼 알포드도 피해자란 말인가?"

"제가 살짝 오해를 사게 말씀드렸군요."

카르나크가 머쓱해하며 말을 이었다.

"왕자님의 육체를 노린 건 맞습니다. 탐낸 게 아니란 거죠."

데츠라스 등을 통해 알아낸 알포드 왕자의 계획은 이것이었다.

일단 사령술의 힘을 빌려 두 왕자의 육체를 바꾼다.

어디까지나 '일시적'으로.

"애초에 영구적으로 바꿀 생각 따윈 전혀 없었습니다."

그래서 육체가 바뀐 로이드를 곱게 가둬 놓은 것이었다.

"시간 지나면 도로 자기 몸이 될 테니 당연히 잘 모셔 놓아야겠죠."

다시 육체를 바꿀 방법도 알아냈다.

"사령술사가 아니어도 가능하더군요."

품에서 검은 보석이 박힌 작은 브로치 하나를 꺼내 보이며 카르나크가 말을 이었다.

"망자의 혼이라 불리는 저주받은 보석입니다. 소울 체인질링의 매개체로 쓴 물건이죠."

보름달이 떴을 때, 이 보석을 달빛 아래 배치한 뒤 알포드 왕자의 갓 흘린 피를 붓는 것이 저주 해제 방법이었다.

"꼭 이 육체여야 하나? 내 원래 몸의 피로는 안 되는 건가?"

"저주의 수혜자는 어디까지나 로이드 왕자님이니까요. 그래서 저주의 주체도 이쪽 육체인 겁니다."

"알포드가 혼자서는 임의로 해제할 순 없단 말이지? 그래서 그토록 날 잡으려고 난리였던 거군."

납득한 로이드가 안도의 한숨을 쉬었다.

"사령술사가 아니어도 저주 해제가 가능하다니, 그 점은 다행이군."

"그러게 말입니다."

미심쩍은 얼굴로 바로스가 몰래 물었다.

[……진짜예요?]

[왜 의심하는지는 알겠는데, 이번엔 진짜야.]

하여튼, 만월의 밤이 되면 두 왕자의 육체를 원상태로 되돌릴 수 있다.

"그래서 알포드 왕자는 보름달이 뜨는 저녁을 기점으로 계획을 세웠습니다."

바로 위스콧 1세 암살 계획이었다.

"아버님을 노린다고?"

"예. 국왕 폐하께 알현을 청한 뒤 틈을 봐서 품에 숨긴 단도로 푹 찌르는 거죠."

어이없다는 듯 로이드가 고개를 저었다.

"그게 가능할 리가 없는데?"

"꼭 그렇지만도 않습니다. 아무리 국왕 폐하라 할지라도 친아들까지 경계를 하진 않겠지요. 몸수색을 따로 할 리도 없고요. 충분히 기회를 엿볼 수 있다고 봅니다만?"

"아니, 그 소리가 아니라……."

왕자가 혀를 찼다.

"아버님을 암살한다고? 내 몸으로?"

유스틸 왕국 국왕, 위스콧 1세는 젊은 시절 무투파로 이름난 기사였다. 나이 든 지금도 정정하기 그지없어 종종 사냥을 나가며 무예를 연마하곤 한다.

그런 국왕을 로이드 왕자가 기습해?

"알포드 그 녀석, 내 몸이 얼마나 허약한지 모르는 건가?"

알포드 왕자 역시 그 점을 모르지 않았다.

"암살을 실패해도 상관없으니까요."

차분한 목소리로 카르나크가 설명을 이었다.

"그냥 시도만 해도 계획은 성공입니다."

국왕 암살에 성공한다?

그럼 로이드 왕자는 정신이 나가 아버지를 죽인 패륜아가 된다. 당연히 호위병들에 의해 붙잡혀 감옥에 갇힐 것이다.

국왕 암살에 실패한다?

그래도 여전히 아버지를 죽이려 한 반역자인 건 마찬가지다. 호위병에 의해 붙잡히는 것도 마찬가지고.

"그 상태에서 다시 육체를 바꾸면 어떻게 되겠습니까?"

그제야 로이드의 안색이 창백해졌다.

"맙소사……."

원래 육체로 돌아온 그가 아무리 변명을 해 봐야 씨도 먹히지 않을 것이다.

재수 없으면 사형, 운이 좋아도 정신병자 취급을 당하며 평생 갇혀 살 뿐이다.

국왕이 죽건 살건, 제2왕자 알포드는 유일한 왕위 계승권자가 된다.

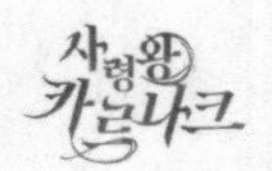

"어차피 살려 둘 생각도 없겠지만요. 감옥에 갇힌 로이드 왕자님은 광기에 휩싸여 이내 자살해 버리실 테니 말입니다."

"내가 자살을 한다고?"

"예."

"누구 마음대로?"

"사령술사는 원래 남들 자살시키는 데 비상한 재주가 있습니다, 왕자님."

"……으음."

로이드 왕자는 신음을 흘렸다.

동생이 야심이 크다는 사실은 알고 있었지만, 설마 이렇게까지 할 줄은…….

"생각해 보니 충분히 하고도 남을 놈이긴 하군."

그래도 다행인 점은 사전에 모든 계획을 파악하게 되었다는 것이다. 전부 카르나크 덕분이었다.

"정말이지, 그대를 만난 것은 내 일생 최고의 복인 것 같군."

"과찬의 말씀이십니다."

"아니야. 자네처럼 지혜로운 자가 아니었다면 어찌 내가 지금까지 살아 있을 수 있었겠나?"

바로스와 세라티의 표정이 기묘해졌다.

'최고의 복?'

'지혜로운 자?'

'틀린 말이라고 할 순 없는데…….'

'맞는 말이라고 하기도 좀…….'

어쨌거나 상대의 음모를 파악했으니 이제 해결책을 모색할 차례.

"저주 해제의 조건은 만월의 빛과 갓 흘린 이 육체의 피라고 했지, 카르나크 경?"

"예, 왕자님."

"확실하게 갓 흘린 피인가? 알포드 녀석의, 그러니까 이 육체의 피를 미리 뽑아 놓았다가 붓거나 하는 건 소용없냐는 소리다."

"확실합니다. 그러니까 저들이 로이드 왕자님을 확보하려고 저 난리를 친 것 아니겠습니까?"

미리 뽑아 놓은 피로도 저주가 해제된다면, 로이드가 도망치건 말건 신경 끄고 그냥 계획된 날짜에 해주를 해 버리면 그만이었을 것이다.

"하긴 그렇군."

턱을 매만지며 로이드는 고민에 잠겼다.

"그럼 선택권이 내게 있으니……."

만월이라는 조건이 있으니 해제 시기는 고정되어 있다.

하지만 그때 육체를 다시 바꿀지 말지는 이제 전적으로 로이드 마음대로다.

"이렇게 된 이상 알포드도 함부로 계획을 진행시킬 수 없겠군."

저 계획은 둘의 육체를 도로 바꿀 수 있을 때나 의미가 있다.

지금의 상황에선 알포드 왕자도 외통수로 몰린 셈이다.

괜히 사고 쳤다가 자기 몸을 되찾지 못하면 그냥 로이드인 채로 죽게 될 테니까.

"일단 부왕께선 안전하시다고 봐야 하나?"

살짝 안도하며 로이드가 중얼거렸다.

"그래도 정황을 파악할 필요가 있겠는데……. 하지만 함부로 왕궁으로 돌아갔다가 또 무슨 일이 생길지 모르고……."

원래 자신의 수하도 믿을 수 없고, 그렇다고 알포드 왕자로 행세하는 것도 위험하다. 그래서 감히 경거망동하지 못하고 내내 숨어 지낸 것 아닌가?

그때 카르나크가 슬쩍 입을 열었다.

"그 점은 괜찮을 겁니다, 왕자님."

"어째서?"

"이번에 좋은 정보를 입수했거든요."

데츠라스는 이번 일에 가담한 사교도 중에서 가장 우두머리였다. 덕분에 케일이나 올트는 모르는 기밀도 알고 있었다.

"이 계획에 대해 누가 알고, 누가 모르는지에 대한 명단을 확보했습니다."

"오오! 사실인가?"

로이드는 반색하며 기뻐했다.

"그렇다면 이제 알포드인 척 행세할 수 있겠구나!"

이제까진 알포드의 심복 중 누가 이 계획에 발을 담갔는지 파악할 수 없었다. 그래서 모두를 경계하며 내내 몸을 숨겨왔다.

하지만 저 명단이 있으면 이제 누굴 피해야 하는지 명확해진다.

그들만 피해 다른 알포드의 부하와 접촉하면, 별문제 없이 2왕자로 행세할 수 있는 것이다.

"물론 오래가진 못하겠지만, 딱히 오래갈 필요도 없겠지."

만월의 밤까지만 경계하면 되는 일이었다.

그렇게 알포드인 척 왕성으로 돌아가 만일의 사태에 대비하다가, 때가 되면 다시 원래 육체로 돌아가면 깔끔하게 원상 복구다.

"이런 사고를 친 알포드 녀석이 아무 대가도 치르지 않는 건 좀 기분이 나쁘지만 말이지."

사람 좋아 보이던 로이드의 표정에 문득 차가운 미소가 떠올랐다.

"아니지, 좋은 기회일 수도 있겠군. 원래 육체로 돌아가기 전에 효과가 늦게 오는 독약을 미리 마셔 둘까? 아니면 다리 한 짝쯤 미리 잘라 놓거나."

카르나크가 만류했다.

"그건 곤란합니다."

소울 체인질링을 되돌리려면 최대한 서로의 몸에 손상이 없어야 한다. 괜히 육신에 부상 입혔다가 저주 해제가 안 될 수도 있단 소리다.

"아니라면 굳이 알포드 왕자도 국왕 폐하를 노릴 필요가 없잖습니까? 그냥 자해한 다음 육체를 되돌리면 끝인데요."

아쉬워하며 로이드가 고개를 끄덕였다.

"아, 그렇겠군."

그 모습에 바로스는 내심 감탄했다.

'제법인데? 마냥 순진한 양반은 아니었군.'

제1왕자 로이드는 선량하고 자비로운 인품의 소유자라는 평이 대부분이었다. 실제로 그가 직접 본 인상도 크게 다르지 않았다.

그럼에도 명색이 친동생인데 죽이거나 불구로 만들겠단 소리를 자연스럽게 한다.

'뭐, 10년 넘게 서로 못 죽여 안달인 사이였으니 그럴 법도 하겠지만.'

한편 카르나크는 다른 문제를 짚고 있었다.

"단지 확인하고 싶은 부분이 있습니다. 로이드 왕자님의 추측은 전부 알포드 왕자가 계획이 헝클어졌다는 걸 파악하고 있다는 전제하에 하신 말씀이지요?"

"왜? 뭔가 문제가 있나?"

"그게 말입니다, 어쩌면 알포드 왕자는 로이드 왕자님이 도망쳤다는 사실을 모르고 있을지도 모릅니다."

로이드 왕자의 몸에 들어간 알포드는, 당연하겠지만 원래 자기 부하들과는 접촉하기가 힘들어진다. 사는 공간도 다르고 접점도 거의 없으니까.

그렇다고 내내 연락 하나 없이 계획대로만 진행할 수도 없다.

만일의 사태란 게 있지 않나? 혹여 일 꼬이면 당연히 계획을 멈추거나 수정해야 한다.

"그래서 알포드 왕자는 미리 세바스티안 등의 심복과 수시로 연락을 주고받을 비밀 수단을 만들어 놓았습니다."

"그야 그렇겠지. 그쯤은 기본이니까."

"문제는 그 연락 수단입니다."

사령술을 이용한 육체 교환, 이건 정말 금기 중의 금기라 설령 자기 사람이라 해도 함부로 알릴 수 있는 내용이 아니다.

적은 물론이고, 아군에게도 비밀로 연락을 취해야 한다는 소리다.

즉, 로이드 측에게도 알포드 측에게도 알려지지 않은 제3의 수단이 필요하다.

관련 없는 이의 관련 없는 수법.

"사교도들의 사령술이 딱 적격이지요. 그래서 알포드 왕자는 내내 사령술을 이용해 연락을 주고받았던 모양입니다."

그런데 그 사교도들이 방금 카르나크 일행에 의해 죄다 황천길 건너가지 않았던가?

실제론 못 건너고 여전히 카르나크가 영혼을 확보하고 있지만, 관용구적으로는 그렇단 소리다.

설명을 듣던 로이드가 이해가 안 간다는 표정으로 되물었다.

"잠깐, 알포드에게 붙은 사교도가 그 3명이 전부란 말인가?"

"예."

"그게 말이 되는가? 그렇게 중요한 임무를 맡은 자가 멋대로 움직였다고? 만일을 대비해 1명은 남는 것이 마땅하지 않나?"

카르나크가 실소를 흘렸다.

"그건 섬김받는 데 익숙한 입장의 생각이고요."

아랫사람이 척 하면 착 하고 말을 들어야 한다고 생각하는 게 윗사람들의 안 좋은 사고방식이다.

상대는 내 밑에 있으니. 자발적으로 나의 사정이며 속마음까지 파악해 능동적으로 최선을 다할 것이다?

그런 믿을 만한 부하 하나를 만들려면 얼마나 오랜 시간과 노력이 드는데?

심지어 사교도들은 원래 알포드의 부하도 아니지 않은가?

그냥 교단의 명에 따라 협조하러 왔을 뿐이다.

“사령력을 늘릴 좋은 기회가 왔고, 남에게 뺏기기도 싫었겠지요. 그런데 왜 알포드 왕자의 사정까지 생각해 주겠습니까? 왕자가 뭘 해 줬다고.”

“그, 그렇구만.”

로이드는 멋쩍어하며 머리를 긁었다. 그리고 흥미로운 눈으로 카르나크를 바라보았다.

“자네, 은근히 할 말 다 하는 성격이군. 보통은 왕자 앞에서 그렇게까지 대놓고 말하지는 않거든.”

“그렇습니까?”

카르나크는 내심 뜨끔해했다.

너무 오랫동안 절대자로 살았더니, 나름 신경을 썼는데도 무심코 버릇이 튀어나왔나 보다.

“죄송합니다. 제가 워낙 시골 출신이어서 예의에 약한지라…….”

“신경 쓸 것 없네. 자네가 해 준 일이 이리 큰데 어찌 화를 내겠나? 게다가 날 생각해 말해 준 직언 아닌가?”

의외로 로이드는 개의치 않았다.

화가 난 게 아니라 정말로 흥미로웠을 뿐인 듯했다.

“자, 그러니까 알포드 녀석의 연락책이 그 사교도들이었고, 다 처리되었다는 소리지?”

“예. 그래서 애매해진 겁니다.”

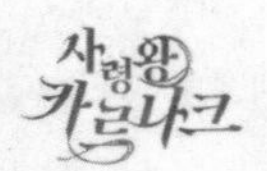

물론 알포드가 준비한 연락 수단이 사교도 말고 또 있을 수도 있다.

아무리 강령술로 영혼을 심문하더라도, 본인이 진실이라고 믿고 있으면 진위를 가리기 힘든 법.

"데츠라스는 분명 연락책이 자기들뿐이라고 알고 있었지만, 알포드 왕자가 다른 수단을 몰래 준비했을 가능성도 배제할 순 없지요."

이 경우엔 로이드 왕자의 예상대로 일이 흘러갈 터였다.

"하지만 정말 연락이 끊겼다면 어떻게 될까요?"

카르나크의 질문에 로이드의 안색이 어두워졌다.

"알포드가 어떻게 나올 것이냐라……."

연락이 없으니 계획을 미룰까?

아니면 연락이 되건 말건 계획대로 진행해 버릴까?

"상식적으론 미루는 게 정상이다만……."

과연 알포드 왕자가 상식적인 인간일까?

이 부분이 정말 자신이 없었다.

애초에 상식적인 인간이었다면 사령술로 육체를 바꾸는 위험한 짓도 저지르지 않았겠지.

"곤란하군. 그럼 만월의 밤이 오기 전에 부왕께 미리 말씀을 드려야 한다는 건가?"

카르나크가 고개를 저었다.

"뭐라고 말씀드리려고요? 사실을 전부 이해시키긴 좀 힘들지 않겠습니까?"

인간의 영혼이 서로 바뀌었다는 건 유례가 없는 일이다. 이걸 이해시키려면 꽤나 설득력 있는 증거를 들고 가야 한다.

"혹시 폐하를 납득시킬 만한 비밀을 공유하고 계십니까?"

로이드 왕자는 쓴웃음을 지었다.

"아쉽게도 없군. 우리 형제가 부왕과 그렇게나 살가운 사이는 아니었거든."

애당초 형제끼리 싸워서 살아남는 놈이 왕 하라고 한 아버지였다. 아들들이 좋아할 만한 아버지상은 아니다.

문득 짜증이 났는지 로이드의 목소리가 살짝 높아졌다.

"말하다 보니 부왕이 죽건 말건 그냥 내버려 두고 싶다는 생각마저 드는군. 감히 그럴 수야 없겠지만."

자식 된 도리를 떠나서, 현실적으로도 문제가 생긴다.

정말 알포드가 계획을 실행해 버리면 기껏 원래 육체로 돌아간다 해도 반역자가 될 뿐이다.

"내 몸을 되찾지 못하는 건 곤란하지."

심각한 로이드를 지켜보던 세라티가 슬쩍 입을 열었다.

"저기, 왕자님?"

"왜 그러는가, 세라티 경?"

"이건 어디까지나 비윤리적, 비도덕적이란 걸 알면서 드리는 말씀인데요……."

말을 고르며 그녀는 조심스레 물었다.

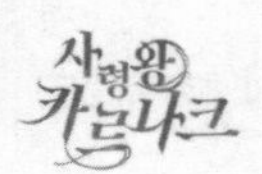

"……굳이 원래 몸을 되찾으실 필요가 있나요?"

타인의 육체를 강탈하는 것은 분명 사악한 일이다. 결코 윤리적으로 옹호받을 수 없다.

하지만, 현 상황이 로이드가 알포드의 몸을 빼앗은 것이던가?

"알포드 왕자의 자업자득이잖아요?"

세라티가 보기엔, 그냥 이대로 알포드로 살아도 별문제가 없어 보이는 것이다.

국민들 입장에서도 그렇다.

로이드 왕자와 알포드 왕자 중 누가 더 국왕에 어울리는지는 명확하다.

성품이나 인격 면에서 분명 로이드가 낫다. 그저 너무 허약해 언제 죽을지 모른다는 것이 문제였을 뿐.

그런 로이드의 정신에 알포드의 육체라니? 완벽한 군주의 재목이 아닌가?

"물론 다른 사람으로 살아가는 게 결코 쉬운 일은 아니시겠지만요."

육체가 바뀌면 친모도, 외가도, 뒤를 받쳐 주던 세력도 모두 바뀐다. 옷 갈아입듯이 쉽게 바꿀 수 있는 성질의 것이 아님은 틀림없다.

그렇다 하더라도 얻는 것에 비하면 잃는 것이 그리 크지는 않다.

일단, 그토록 갈구하던 건강한 신체를 얻게 된다.

게다가 이대로 로이드 몸속에 들어간 알포드를 실각시키기까지 한다면?

오히려 양쪽 세력을 모두 규합해 통합을 이룰 수 있는 좋은 기회다.

일단 자리 잡고 안전을 도모한 뒤에 1명 1명 따로 만나 잘 구슬릴 수 있지 않을까?

"국왕 폐하랑 안 친했던 거지, 심복들이랑은 친하셨을 것 아니에요? 어느 정도 비밀은 공유하고 있으시죠?"

"그렇기야 하네만……."

원래 자기 부하들이었으니 어떤 식으로 다루어야 하는지도 알 것이고, 끝까지 적대하는 이들은 슬쩍 본인이 실은 로이드 왕자임을 알려 다시 아군으로 삼을 수 있을지도 모른다.

왕자의 친모에겐 참으로 죄송스러운 일이고 그 외에도 여러모로 문제가 많겠지만……

"무조건 원래 몸으로 돌아가려고 하시기보다는, 이쪽 선택도 고려 정도는 해 볼 수 있는 것 아닐까 해서요."

조심스레 말을 잇는 세라티를 보며 로이드는 묘한 표정을 지었다.

"음……."

그리고 불쑥 물었다.

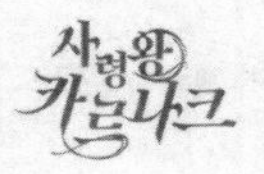

"혹시 왕가 로맨스 이야기 같은 것 좋아하나, 세라티 경?"

세라티는 얼굴을 붉혔다.

"아, 그게, 저……."

사실 그런 것 맞았다. 예전에 본 이야기 중 비슷한 내용이 있어서 한 소리였다.

"솔직히 말하겠네."

빙그레 웃으며 로이드가 반문했다.

"그 생각을 내가 안 해 봤을 것 같나? 남는 게 시간이었는데."

몇 번이나 고민했다.

그냥 이대로 알포드의 몸을 차지한 채 어디론가 도망치면 어떻게 될까?

잃는 것은 왕족의 지위, 가족 그리고 심복들.

얻는 것은 평생 상상조차 해 본 적이 없던 고통 없는 삶.

"아니, 고통이 없는 정도가 아니지."

일반인과 비교해도 월등하게 강건하고 활기가 넘치는 젊은 육신이었다. 그야말로 로이드가 항상 바랐던 꿈 그 자체.

심지어 세라티 말대로 이 사태를 저지른 것은 알포드 쪽이다. 로이드가 죄책감을 느끼거나 할 이유도 없다.

"이 육체를 손에 넣을 수만 있다면, 왕위 따윈 알포드에게 줘도 전혀 아깝지 않다는 게 내 본심일세."

물론 알포드는 매우 아까울 것이라며 로이드는 키득거렸

다.

“그 녀석, 지금쯤 내 허약한 육신에 이를 득득 갈며 실행 일자가 오기만 기다리고 있을걸. 매일 열나고 두통에 시달리고 콧물이 흐르는 게 얼마나 고달픈데.”

그러던 중이었다.

“그런데 말이야, 조건이 너무 매력적이라 오히려 의문이 들더군.”

순간 로이드의 표정이 진지해졌다.

“사령술이라면 같은 혈통끼리 육체를 바꿀 수 있다고 했지, 카르나크 경?”

“예.”

“그렇다면 어째서 역대 폭군들 중에 자신의 혈육과 육체를 바꾼 왕이 없는 건가?”

폭군이라 불리는 왕, 혹은 황제가 있다 치자. 그리고 그가 늙고 병들어 죽어 간다 치자.

“내가 저 입장이라면 금기고 뭐고 간에 아들이나 손자와 바로 육체를 바꿔 버릴 것 같거든. 애초에 육체 교환 대상자를 왕위 계승권자로 임명해 놓으면 권력도 잃지 않을 테고.”

혹시 사령술사들이 워낙 은밀하게 숨어 있어 아무도 저 방법을 몰랐던 걸까?

이건 납득이 가지 않는 소리다.

대륙 역사 속에 폭군이 얼마나 많았는데? 그 많은 폭군 중

단 1명도 사령술사를 못 찾았을 리가 있나?

아니, 설령 못 찾았다 하더라도 말이 안 되긴 마찬가지다.

"저게 가능하다면, 죽어 가는 왕에게 은밀히 접근해 유혹하는 사령술사들이 없었을 리가 없지."

하지만 현실에서 역대 폭군들은 대대로 그냥 죽어 갔을 뿐이다.

"이는 저 방식에 심각한 문제가 있다는 의미가 아니겠나?"

말하다 말고 문득 로이드가 자신 없는 표정을 지었다.

"혹시 사실은 그런 짓들을 많이 저질러 왔는데 내가 모를 뿐인 건가? 실은 초대 제국 황제가 대대로 자손의 육체를 빼앗으며 살아왔다거나……."

카르나크가 웃으며 고개를 저었다.

"그건 아닙니다. 말리려고 했는데 먼저 알아채셨군요."

그리고 진지하게 말을 이었다.

"원래 빙의는 오래가질 못합니다. 육체와 영혼이 일치하지 않으니까요."

그래서 보통 빙의 현상은 길어 봐야 하루 이틀 정도다. 그 이상 지속하면 육체는 붕괴하고 영혼은 미쳐 버린다.

"육체끼리 성향이 비슷하면 저 기간이 늘지요. 신체 조건이 비슷하거나, 나이가 비슷하거나, 같은 성별이거나 할수록 유지 시간이 늘어나는 것은 사실입니다."

그래 봤자 몇 달 정도가 한계라는 게 카르나크의 설명이었다.

"거의 동일한 육체를 지닌 일란성쌍둥이조차도, 서로 영혼을 교환할 경우 버틸 수 있는 시간은 1년 남짓 정도입니다."

"그럼 내 경우는?"

"매우 가까운 혈통이긴 합니다만, 두 왕자님은 이복형제시죠. 게다가 육체적으로 차이가 너무 큽니다. 길어 봐야 석 달 정도가 한계일 겁니다."

당황하며 로이드가 언성을 높였다.

"그럼 이번 만월의 밤을 놓치면 내겐 기회가 한두 번밖에 없단 소리인가?"

"예."

"이런……."

로이드는 혀를 찼다.

뭔가 함정이 있을 거란 생각은 했지만 이렇게나 여유가 없을 줄은 몰랐다.

"알포드 녀석은 대체 뭘 믿고 이런 위험한 짓을 저지른 거지?"

카르나크가 피식 웃었다.

"실은 모르고 있었던 것 같습니다."

"모르고 있었다니?"

"사교도들을 심문해 알아낸 사실입니다만……."

데츠라스 일당은 알포드 왕자에게 사실대로 알려 주지 않

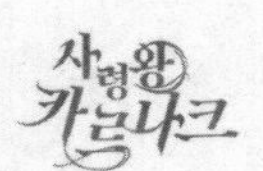

았다.
빙의의 유통기한 이야기는 쏙 빼고, 그냥 육체를 바꿀 수 있다고만 한 것이다.
혹여 일이 꼬이더라도 나중에 돌이킬 기회는 있다. 하지만 로이드 왕자의 몸으로 사는 것 자체가 고역이니 위험부담은 감수해야 한다.
"이런 식이었던 듯합니다."
"……그 녀석, 설마 그 말을 믿었단 말인가?"
"믿었으니 그런 짓을 했겠죠?"
"하하……."
헛웃음을 흘리며 로이드는 생각을 정리했다.
"어쨌든 나로선 이번 만월 때 무조건 원래 몸을 되찾는 게 최우선이겠군?"
"그렇습니다."
"동시에 내 평판이나 안위도 신경을 써야 할 테고."
"그렇지요."
로이드의 몸을 차지한 알포드 왕자가 무슨 짓을 저지를지 모르니 미연에 방지해야 한다.
하지만 본인이 스스로를 망치겠다는데 이를 막는 건 쉬운 일이 아니다.
"아무래도 몰래 알포드와 접촉해야겠군."
탐탁잖다는 듯 로이드가 중얼거렸다.

"거래를 하는 수밖에 없겠어. 서로의 육체나 평판에 해를 끼치지 않는 선에서 모든 일을 원래대로 되돌리자는 식으로."

마음 같아선 동생에게 한 방 먹이고 싶은 생각이 간절하다.

하지만 그러다 로이드 자신까지 피해를 보는 상황은 피하고 싶다.

"이 정도가 지금으로는 최선인 듯하군."

그런 왕자를 보며 카르나크는 잠시 생각했다.

사실 그는 로이드가 원래 몸을 찾건 말건 크게 관심이 없었다.

원래 목적은 고위 사교도를 붙잡는 것이었다.

그리고 데츠라스 일당의 영혼을 손에 넣음으로써 목표는 이미 이루었다.

로이드 왕자의 사정 따위, 어찌 되건 별 상관은 없는 것이다.

'그런데 의외로 이 친구 성격이 괜찮단 말이지.'

큰 사건에 끼어들지 않겠다는 다짐은 이미 깨졌다. 그렇다면 일국의 왕자와 인맥 쌓아 두는 것도 괜찮은 선택이 아닐까?

'이왕 그럴 것이면 그 인맥이 권력자일수록 편하겠지.'

최대한 온화하고 신뢰 가득한 미소를 지으려 노력하며 카르나크가 입을 열었다.

"진심으로 한 방 먹여 주고 싶으신 겁니까, 왕자님?"

갑자기 상대가 의미심장한 표정을 짓자 로이드가 긴장하며 되물었다.

"그렇다고 한다면?"

"제게 좋은 생각이 있습니다."

유스틸 왕궁 서쪽에 위치한 로이드 왕자의 거처, 은빛 칼라 궁.

그곳의 한 침실에서 신음이 흘러나온다.

"아으, 아으으……."

해가 중천에 뜨다 못해 이미 오후로 접어든 시각이지만 여전히 로이드는 침상에 누워 있었다.

정확히는, 로이드의 몸속에 들어간 알포드이지만.

'이 빌어먹을 몸뚱이!'

침대에 누운 채 알포드는 이를 갈았다.

어제는 그나마 좀 컨디션이 괜찮았는데, 오늘은 눈뜨자마자 고열에 두통에 전신이 말이 아니었다.

'로이드 녀석은 대체 이딴 몸으로 어떻게 살아가는 거지?'

어쩌다 하루 아픈 날이 아니다. 그냥 매일이 이 모양이다.

어쩌다 하루 '안 아픈' 날을 찾는 게 더 빠르다.

그만큼 로이드의 육체는 허약하기 그지없었다.

새삼 깨닫게 된다. 이런 허약한 병신이 국왕이 되면 유스틸 왕국은 망한다.

'역시 이 나라의 왕이 될 자는 나밖에 없어.'

애써 숨을 고르며 알포드는 침실 창문을 통해 밖을 내다보았다.

'그나저나, 드디어 이날이 왔다.'

거사 당일이었다. 이제 저 태양이 저물면 만월이 떠오르리라. 그리고…….

'이 저주받을 몸뚱이에서 벗어날 수 있겠지!'

사실 좀 불안하긴 하다.

어째 며칠째 사교도들과 연락이 되질 않는 것이다.

벌써 몇 번이나 촉매를 통해 연락을 시도했지만 묵묵부답이다.

하지만 계획을 미룰 순 없었다.

'이 몸으로 한 달을 더 살아가라고? 미쳤어?'

알포드는 억지로 몸을 일으켰다.

하루 종일 누워 있었더니 그래도 기력이 조금은 돌아온 듯했다.

'이 정도면 저녁때, 부왕과의 식사 약속 정도는 참석할 수 있겠지.'

일국의 왕족쯤 되면 평범한 가족처럼 저녁마다 옹기종기

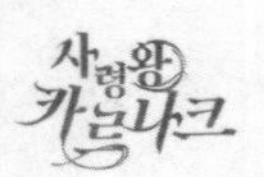

모여 앉아 식사 따윈 하지 않는다.

그래서 오늘을 골라 특별히 용건이 있다며 부왕과 저녁 식사를 함께하고 싶다고 청했고, 승낙을 받았다.

이제 남은 것은 기회를 봐서 품에 숨긴 단검으로 암습하는 것뿐.

'이 몸으로 성공할 가능성은 거의 없겠지만 말이지.'

확실하게 부왕을 죽이기 위해 단검에 독을 바를까 싶기도 했지만 그 점은 포기했다.

어차피 국왕쯤 되면 항시 주위에 강력한 성직자를 대동하고 있는 데다, 본인도 의복 곳곳에 호신용 부적을 상비하기 마련이다. 당장 왕자인 알포드 자신도 그랬으니까.

'괜히 그 독 바른 단검에 실수로 내가 베이는 쪽이 더 곤란해.'

어디까지나 살의를, 반역의 의지를 확실하게 드러내기만 하면 된다.

적당히 난동을 피우며 미친놈처럼 군다. 그리고 이 몸이 부상을 입지 않게 바로 단검을 버리고 항복한다. 그걸로 만사 해결이다.

계획을 점검하며 알포드는 한 번 더 창밖을 내다보았다.

'자, 이제 해만 저물면…….'

그때였다.

"왕자님!"

갑자기 문이 벌컥 열리더니 시종이며 호위병들이 우르르 침실로 들이닥쳤다.

당황한 알포드가 눈을 크게 떴다.

“무, 무슨 일이냐?”

덩치 좋은 하녀장이 허겁지겁 알포드를 안아 들며 외쳤다.

“당장 피신하셔야 합니다!”

워낙 로이드의 신체가 작고 연약하다 보니 여성의 힘으로도 번쩍 들린다.

짐짝처럼 들려 나가는 알포드의 귀로 시종의 외침이 들려왔다.

“알포드 왕자가 정신이 나가 검을 휘두르며 왕자님을 노리고 있습니다!”

알포드는 멍한 표정을 지었다.

‘그게 뭔 소리야? 내가 나를 노리고 있다니?’

그리고 이내 상황을 깨달았다.

자신은 지금 로이드의 몸속에 들어와 있다.

그렇다면 저들이 말하는 알포드 왕자는…….

‘……로이드?’

은빛 칼라 궁의 복도.

건장한 기사 1명이 수십의 병사들과 대치하고 있었다.
"이놈들! 미래의 왕 앞에 무릎 꿇을지어다!"
병사들이 어이없어하며 고함을 질렀다.
"이게 무슨 짓입니까, 알포드 왕자님!"
"폐하께서 이런 무도한 짓을 좌시하실 것 같습니까?"
아니, 굳이 국왕의 권위를 들먹일 상황까지도 아니었다. 지금 칼라 궁으로 쳐들어온 것은 알포드 1명뿐이었으니까.
"대체 왜 저러시는 거지?"
"아무리 왕자라 한들……."
"혼자서 뭘 할 수 있다고?"
이해를 못 해 수군대는 병사들을 지켜보며 로이드는 내심 웃었다.
'당연히 나 혼자선 아무것도 못 하지.'
그래서 좋은 것이다.
'알포드, 이 어리석은 동생아…….'
이런 미친 짓을 저질렀으니 이내 체포되어 감옥에 갇히겠지. 그리고 '알포드 왕자'가 미쳤다는 사실이 전국에 퍼져 나가리라.
'네가 날 엿 먹일 수 있다면, 나도 널 엿 먹일 수 있다는 걸 알았어야지.'

로이드 왕자의 침실로 향하는 칼라 궁의 긴 복도.

알포드 왕자를 포위한 병사들이 고함을 터트리고 있었다.
“역도를 붙잡아라!”
주위를 둘러보며 왕자도 맞받아쳤다.
“감히 누구에게 반역자라 하는 것이냐! 나야말로 이 나라의 진정한 왕이거늘!”
이내 창칼이 충돌한다. 요란한 쇳소리와 함께 전투가 이어진다.
탕! 타탕!
포위한 병사들을 향해 알포드 왕자가 한 번 더 소리를 내질렀다.
“썩 물러나라! 내가 원하는 건 저 허약해 빠진 로이드뿐이다!”
칼라 궁의 수비대장, 젤리어드 경은 안색을 굳혔다.
분위기와 달리 전투 자체는 딱히 과격하지 않았다. 서로 치명상이 되지 않을 거리에서 위협만 하는 상황이었다.
‘어째 병사들을 해할 생각은 없으신 것 같군.’
평소의 알포드답지 않지만, 딱히 이상할 건 없었다.
애당초 평소의 왕자였다면 이런 미친 짓을 저지르지도 않았을 테니까.
미친놈이 평소 같지 않다고 의아해할 이유는 없지 않은가?
문제는 그 덕분에 이쪽도 강하게 나가기 힘들어졌다는 점

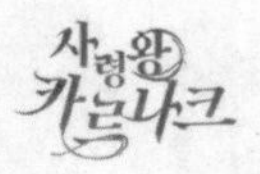

이었다.

아무리 적대하는 사이라 해도, 어쨌든 상대는 왕자다.

죽일 생각으로 밀어붙일 순 없다.

그랬다간 후환을 감당키 어렵다.

'적당히 부상만 입힌 채 제압할 수밖에 없는데…….'

부상도 마음대로 입힐 수 있는 게 아니었다.

아무리 수비대장이라 해도 상대가 왕자인 이상 피를 보려면 핑계가 필요하다.

상대가 너무 난폭하게 날뛰어 피를 보지 않고서는 도저히 제압이 불가능했다는 핑계가.

그런데 어째 알포드 왕자가 점잖게 나오고 있는 것이다.

"물러나라! 피를 보고 싶지 않다! 어차피 그대들도 종국엔 내 사람이 될 것 아니냐?"

젤리어드 입장에선 살짝 어이없을 지경이었다.

대체 언제부터 병사들 안위 챙겨 줬다고 저런 소리를?

하지만 상대가 저리 나오는 이상, 이쪽도 부상 없이 제압해야 한다.

"알포드 왕자님께서 많이 혼란스러우신 모양이다! 몸성히 모셔라!"

수비대장의 명에 따라 병사들은 계속 왕자를 몰아붙였다.

그럼에도 영 상황은 나아지지 않았다.

예상보다 상대의 솜씨가 뛰어났다. 절묘하게 치고 빠지며 간격을 재는데, 상상 이상으로 실력이 좋았다.

경험 많은 일류 기사인 젤리어드 경조차 감탄이 나올 정도였다.

'알포드 왕자의 검술이 저 정도로 뛰어났나?'

감탄하는 건 젤리어드뿐만이 아니었다. 알포드 속의 로이드도 마찬가지였다.

'이 몸 진짜 끝내주네. 이렇게 잘 움직여?'

이 좋은 몸을 포기하고 도로 원래 육신으로 돌아갈 생각을 하니 참 우울해진다.

하지만 그는 애써 정신을 차렸다.

'아무리 좋은 몸이라도 반년도 못 살고 죽을 순 없지!'

그렇게 계속 시간을 끌며 복도 저편을 힐끔거렸다. 슬슬 약속한 시간이 다가오고 있었다.

'아직인가?'

그러던 중이었다.

갑자기 한 줄기 백색 섬광이 복도를 관통해 왕자와 병사들 사이에 작렬했다.

콰아아앙!

강력한 마법의 빛이었다.

젤리어드가 흠칫 놀라 섬광이 날아든 쪽으로 고개를 돌렸다.

'뭐지? 설마 왕자의 지원군?'

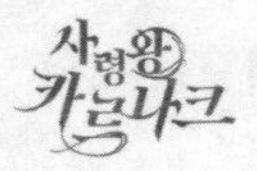

왕자의 지원군인 건 맞는데, 알포드 쪽이 아니었다.
"젤리어드 경!"
복도 저편에서 3명의 남녀가 달려오고 있었다.
건장한 체구의 기사와 붉은 머리의 미녀, 그리고 흑발의 마법사 청년이었다.
"그대는?"
"로이드 왕자님의 명을 받고 온 킹스 오더의 카르나크라 합니다!"
포위망에 합류하며 카르나크가 재빨리 젤리어드에게 종잇조각을 내밀었다.
받아 들어 보니, 카르나크 일행의 신분을 증명하는 로이드 왕자의 친서였다.
수비대장답게 젤리어드도 왕자의 필체에 대해 잘 알고 있었다. 틀림없는 친필이었다.
"그렇군. 왕자님께서 따로 생각이 있으셨나?"
"그럼 알포드 왕자를 제압하겠습니다."
젤리어드는 바로 물러섰다.
안 그래도 어찌해야 하나 고민이던 차였다. 대신 책임져 줄 인간이 나타났으니 거절할 이유가 없었다.
"명심하게. 함부로 피를 보아선 안 되네!"
"알고 있습니다. 세라티 경!"
"예."

카르나크의 말에 적발의 미녀가 검을 든 채 한 발 앞으로 나섰다.

그녀가 가볍게 손을 털었다.

부우우웅!

붉은 섬광이 칼날을 타고 흐르며 찬란한 빛을 발했다.

병사들이 감탄하며 중얼거렸다.

"오오!"

"오러 유저!"

세라티가 가볍게 몸을 날렸다.

잠깐 검광이 번쩍번쩍하더니 이내 '알포드 왕자'가 신음을 흘리며 무릎을 꿇었다.

"컥! 크윽!"

난리를 친 것에 비하면 허무할 정도로 간단히 끝났지만 아무도 이상하게 여기진 않았다.

당연한 결과인 것이다.

아무리 알포드 왕자가 무술적 재능이 뛰어나다 해도, 오러 유저와 비견될 수준은 절대 아니니까.

쓰러진 왕자를 향해 카르나크가 손가락을 내밀었다.

"그럼 제압하겠습니다. 홀드 퍼슨."

빛의 밧줄이 알포드의 전신을 칭칭 휘감았다.

"윽! 가, 감히 이 몸을!"

왕자는 발버둥을 쳤지만 아무것도 할 수 없었다.

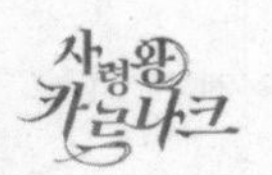

완전히 묶인 그를 보며 젤리어드가 안도의 한숨을 내쉬었다.

"휴우, 큰일 날 뻔했구려. 그런데 갑자기 이게 무슨 일이지?"

난리가 수습되자, 피신했던 로이드 왕자도 다시 자신의 침실로 돌아갔다.

"그러니까……."

정확히는 로이드 왕자의 몸속에 있는 알포드가 돌아간 것이지만.

"알포드가 난리를 피우다 붙잡혀서 현재 왕궁 감옥에 수감되었다, 이건가?"

그의 질문에 시녀장이 정중히 대답했다.

"예. 카르나크 경이 감시 중입니다."

알포드는 당황했다.

'카르나크? 그건 대체 누구야?'

하지만 대놓고 물어볼 수도 없었다.

보아하니 로이드가 아는 게 당연하다는 말투라 함부로 모른 척할 수가 없는 것이다.

'아니, 지금 문제는 그게 아니지.'

아차 싶어 알포드가 황급히 물었다.

"그럼 오늘 저녁 약속은 어찌 되었나?"

당연한 것 아니냐는 듯 시녀장이 답했다.

"취소되었습니다. 왕자님의 안위가 최우선이니까요."

'알포드 왕자'의 계략이 무엇인지 파악하기 전에는 함부로 움직일 수 없는 것이다.

상식적이고 올바른 대응이었다.

어디까지나, '로이드 왕자'의 심복으로서는 말이지.

그 안에 들어앉은 알포드로서는 속이 발칵 뒤집힐 지경이었다.

'대체 뭐가 어떻게 돌아가는 거야?'

하지만 이 허약한 로이드의 몸으론 아무것도 할 수가 없었다. 그저 침실에 반쯤 감금된 채 멍하니 침대에 주저앉아 있을 뿐.

그렇게 시간이 흘렀다.

귀하신 왕자님 밥 굶으면 안 되니 하녀가 저녁 식사를 침실로 가져왔다.

그걸 보며 알포드는 이를 갈았다.

'젠장! 이 맛대가리없는 밥도 오늘이 마지막일 줄 알았는데.'

몸에 좋은 식재료만 써서 정갈하게 만든 음식이라 했던가?

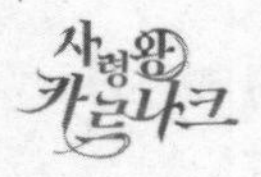

문제는 이 식사가 '혀의 즐거움'은 전혀 고려하지 않은 것이라는 점이다.

정말이지 지독하게 맛이 없었다. 오죽하면 귀족들이 기르는 애완견용 사료가 더 나을 지경이다.

'원래대로라면 부왕과 마주하고 저녁 식사를 하고 있었을 텐데…….'

그렇게 투덜대던 중이었다. 문득 알포드의 안색이 변했다.

'……저녁 식사?'

저녁 식사는 저녁에 먹는 식사다. 즉, 지금은 저녁이란 소리다.

그리고 저녁은 보통 해가 저문 다음을 의미하는 법이지.

'가만! 그러면?'

알포드는 허겁지겁 창문을 열었다. 그리고 하늘 저편에 반짝이는 보름달을 바라보았다.

'만월의 빛…….'

그 순간 눈앞의 모든 것이 변했다.

알포드는 눈을 껌벅였다.

"……어?"

기이한 기분이었다.

놀랍도록 몸이 편하면서 동시에 불편하다.
이상하게 어색한 기분과 익숙한 기분이 함께 든다.
왜 그런지는 곧 깨달았다.
그는 손발이 꽁꽁 묶인 채 차가운 돌바닥에 엎드려 있었다.
그러니 당연히 어색하고 불편하지.
그럼에도 편하고 익숙한 이유는?
'내 몸이잖아?'
황급히 알포드는 몸을 일으켰다. 그리고 주위를 둘러보았다.
사방을 에워싼 회색의 돌벽, 그리고 눈앞에 놓인 두꺼운 쇠창살.
왕궁 지하 감옥이었다.
'내가 왜 여기에?'
아니, 당연히 여기에 있겠지.
'알포드 왕자'가 미쳐 날뛰는 바람에 가둬 놓았다지 않았나?
"로이드, 이 자식!"
무슨 일인지 짐작하는 건 어렵지 않았다. 바로 알포드 자신이 세웠던 계획 아닌가?
'당했다!'
그러던 중이었다. 쇠창살 너머로 인기척이 느껴졌다.

"어서 오십시오, 알포드 왕자님."

마법사의 로브를 걸친 흑발의 청년이, 기사로 보이는 남녀를 동반한 채 감옥 밖에 서 있었다.

눈을 부라리며 알포드가 물었다.

"네놈은 누구냐?"

엉뚱한 반문이 돌아왔다.

"저를 모르시지요?"

순간 어이가 없었다.

'아니, 모르니까 물어봤지, 그럼 알면서 물어봤겠냐?'

그럼에도 알포드는 상대를 비웃을 수 없었다. 이상하게 불길한 기분이 등골을 타고 흐르고 있었다.

청년이 그에게 다가오며 손가락을 들었다. 뾰족한 빛의 바늘이 손끝에 맺히기 시작했다.

부드러운 미소와 함께, 청년의 시선이 알포드의 머리 쪽으로 향했다.

"앞으로도 계속 모르실 겁니다."

알포드 왕자의 이해할 수 없는 난동이 있고 나흘 뒤.

카르나크 일행은 칼라 궁의 서재에서 한 청년을 마주하고 있었다.

옅은 회색빛의 머리칼에 창백한 피부, 살짝 금빛이 도는 푸른 눈동자에 곱상한 얼굴.

얼핏 10대 소녀처럼도 보이는, 하지만 실은 올해로 20살이 된 유스틸 왕국의 제1왕자 로이드였다.

난리가 어느 정도 수습되어 다시 외부인을 만날 수 있게 된 것이다.

자신의 몸을 되찾은 로이드를 보며 바로스가 어색한 표정을 지었다.

"처음 뵙겠습니다……라고 해야 합니까요?"

로이드가 피식거리며 답했다.

"이것 참 기묘한 상황이긴 하군."

벌써 며칠째 알고 지낸, 심지어 로이드 입장에선 목숨까지 의탁했던 사이였다. 하지만 정작 진짜 얼굴로는 처음 만나는 것이다.

"이 몸으로 다시 한번 인사를 하지."

자리에서 일어나며 로이드 왕자가 정식으로 사의를 건넸다.

"감사하는 바다. 그대들이 아니었다면 상황이 얼마나 악화되었을지 짐작이 가지 않는군."

예법에 따라 카르나크도 겸양을 표했다.

"귀족의 도리를 지켰을 뿐입니다."

로이드가 아쉬워하며 말을 이었다.

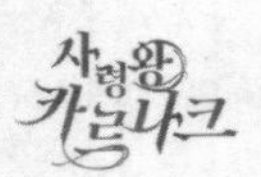

"미안한 것은 그대들의 노고에 제대로 된 보상을 해 주질 못한다는 점이다. 나는 물론이고 부왕의 목숨, 나아가 이 나라를 구해 준 것이나 다름없거늘."

로이드와 알포드의 육체가 서로 바뀌었었다는 사실은 외부로 공표되지 않았다.

워낙 사안이 큰 사건이었다.

이로 인해 벌어질 후폭풍이 짐작도 가지 않으니 함부로 경거망동할 수 없는 것이다.

그래서, 카르나크 일행의 공도 크게 깎였다.

실제론 로이드를 물심양면으로 보필했지만 이는 기밀 사항, 그러니 대외적인 공로는 그냥 쳐들어온 알포드를 제압한 것이 전부다.

"천만의 말씀을요."

미안해하는 로이드와 달리 카르나크는 태연했다.

"전 사교도들을 처치할 수 있었다는 것만으로도 만족합니다, 왕자님."

진심이었다.

애초에 거물 사교도를 잡겠다고 끼어든 일이고, 목표했던 대로 거물 사교도를 잡았다.

이미 충분히 목표 달성을 했으니 진심으로 보상 따위에 관심이 없을 수밖에.

무릇 진심은 전해지는 법이다.

'정말 욕심이 없는 자로군.'

앞으로도 검은 신의 교단과는 충돌할 일이 많을 것이다.

일국의 왕자에게까지 손을 뻗은 놈들이 이대로 물러서진 않을 테니까.

'이런 인재를 묻어 둘 순 없지. 차후에 에란텔 단장과 따로 상의를 해 봐야겠어.'

그렇게 왕자가 머리를 굴릴 때였다.

문득 바로스가 물었다.

"알포드 왕자는 이제 어떻게 되는 것입니까?"

"기밀 사항이긴 하다만 그대들은 알고 있는 게 좋겠군."

잠시 고민한 로이드가 뭔가 결심했는지 입을 열었다.

"알포드는 자살했다. 스스로 목을 매었지. 어젯밤의 일이다."

그리고 안색을 굳히며 나직이 말을 이었다.

"실제론 자살당했다고 하는 게 옳은 표현이겠지만."

일국의 왕자가 감옥에서 자살했는데 그냥 대충 관에 넣고 묻을 리가 없다. 당연히 성직자들이 대거 동원되어 상황 파악에 들어갔다.

그리고 발견한 것이다.

은밀하게 숨겨진 종말의 어둠의 흔적을.

"카르나크 경, 자네 말대로더군."

혀를 내두르며 로이드 왕자는 한숨을 내쉬었다.

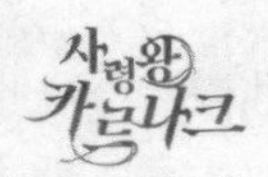

"과연 사령술사들은 사람을 자살시키는 데 비상한 재주가 있어."

왕자의 방을 나서자마자, 자연스럽게 바로스와 세라티가 카르나크를 힐끔거렸다.

"도련님?"

"예전처럼 살지 않는다면서요?"

억울한 듯 카르나크가 눈을 찌푸렸다.

"내가 한 짓 아니거든."

정말로 그는 알포드를 죽인 적이 없었다.

"내가 그 인간을 죽여야 할 이유가 뭐가 있겠어?"

바로스가 고개를 갸웃거렸다.

"비밀 유지를 위해서?"

"비밀이 있어야 유지를 하지! 그 작자가 나에 대해 뭘 아는데?"

"……생각해 보니 그러네요."

실제로 알포드는 카르나크 일행에 대해 아는 것이 전혀 없다. 몸 바뀐 내내 왕궁에 갇혀 있었으니까.

"괜히 손썼다가 쓸데없이 의심만 사지. 특히나 마지막으로 만난 게 나라면 더더욱."

알포드가 죽은 건 사흘 후의 일이다. 이미 다른 이들이 심문한 뒤라 카르나크에게 혐의가 갈 일은 없을 것이다.

감옥에서의 일을 떠올리며 세라티가 물었다.

"그럼 그때 하신 건 뭔데요?"

멀쩡한 사람 대가리에 침 꽂고 뇌를 이리저리 후벼 팠는데, 누가 봐도 사악함 그 자체였다.

"그건 진짜 별것 아니었고."

알포드 왕자가 어떤 식으로 검은 신의 교단과 손을 잡았는지, 사교도에 대해 뭘 알고 있는지에 대한 정보를 빼냈을 뿐이다.

"이 정도면 예전처럼 산 건 아니지 않아?"

"……정신 지배에 기억 조작까지 해 놓고요?"

세라티의 반문에 바로스가 슬쩍 카르나크를 변호했다.

"저 정도면 예전처럼 살지 않은 건 맞네요. 죽이질 않았잖아요, 무려."

어쨌건 카르나크가 저지른 게 아니라면 범인은 하나밖에 없다.

세라티가 인상을 썼다.

"검은 신의 교단 쪽에서 손을 썼다는 소리군요."

바로스도 고개를 끄덕였다.

"그쪽도 알포드 왕자가 가진 정보를 유출시키고 싶지 않을 테니까요. 추가로 이쪽의 정보도 손에 넣으려 할 테고."

이 또한 별문제는 없는 모양이었다.

"그래서 내가 미리 손을 쓴 거잖아."

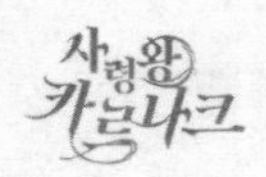

정보를 빼낸 뒤, 알포드의 기억 역시 깔끔하게 날려 버린 것이다.

세라티가 놀라 물었다.

"이렇게 될 줄 짐작하셨어요, 카르나크 님?"

"사교도도 사령술사잖아. 사령술사들 생각하는 거야 뻔하지, 뭘."

이제 남은 건 데츠라스 일당의 영혼을 통해 교차 검증하며 쓸 만한 정보를 캐내는 것뿐.

"시간을 두고 천천히 훑어봐야지."

세라티가 황당해하는 표정을 지었다.

"아무리 그래도 멀쩡한 사람의 영혼인데, 그걸 무슨 서류 뭉치처럼 취급하시는 건 좀……."

"멀쩡하지 않은 사람의 영혼이니까 괜찮지 않을까? 죄 지은 놈이 죗값 받는 거잖아."

"그게 또 그렇게 되나요?"

그녀는 한숨을 쉬었다.

이 작자들과 어울릴수록 선악의 기준이 자꾸 모호해지는 기분이었다.

빙그레 웃으며 카르나크는 발길을 돌렸다.

"일단 숙소로 돌아가자고."

늦은 밤, 제도에 위치한 귀족가 저택의 서재에서 20대 중반의 금발 사내가 보고를 받고 있었다.

그림으로 그린 듯한 용모에 푸른 눈동자, 누가 봐도 귀하게 자란 인상의 청년이었다.

청년과 마주 선 30대 남자가 눈치를 보며 고개를 숙였다.

"유스틸 왕국 쪽은 실패로 돌아갔습니다, 휴델 님."

평범한 복색으로 정체를 숨기고 있지만, 남자의 정체는 검은 신의 교단에서도 제법 지위가 있는 사령술사였다.

그럼에도 휴델이라 불린 청년 앞에선 시종일관 공손하기 그지없다.

두려움 섞인 목소리로 사령술사가 보고를 이었다.

"로이드 왕자는 자신의 몸을 되찾았고, 데츠라스 주교는 순교했습니다."

"젠장……."

휴델은 이마를 짚었다.

'대체 어떤 놈이 훼방을 놓은 거지?'

한 나라의 왕자를 손에 넣기 위해 들인 수고는 결코 작지 않았다. 그것이 한 방에 물거품이 되어 버렸다.

"뒤처리는 제대로 했겠지?"

"예. 알포드 왕자의 영혼은 제대로 수거되었습니다."

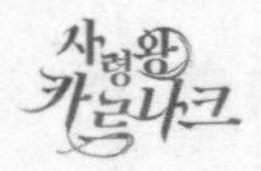

아무리 죽은 자가 말이 없다지만, 사령술 앞에선 오히려 산 자보다 더한 떠벌이로 변하기도 한다.

그래서 검은 신의 교단에선 특히나 사후 관리에 신경을 쓰고 있었다.

올바른 사령술은 오직 테스라낙을 섬기는 이들에게만 허락된 것.

그러나 어설픈 강령술은 뜨내기 사령술사조차도 성공하곤 하니 결코 방심할 수 없었다.

"왕자의 영혼은?"

이어진 휴델의 질문에 사령술사가 검은 진주를 하나 꺼냈다.

"이곳에."

유스틸 왕실은 왕자의 혼이 여신의 곁으로 향하느니 어쩌니 하면서 열심히 장례 절차 밟고 있겠지만, 사실 그의 영혼은 이 진주 속에 있는 것이다.

"상황 파악이 끝나면 말끔히 소멸시키겠습니다."

진주를 받아 든 휴델이 이리저리 살폈다.

"달리 써먹지는 않고? 이래 봬도 왕족의 영혼 아닌가?"

"품질이 그다지 좋은 편은 아니었습니다."

"하긴, 영혼의 가치는 혈통이나 생전의 지위로 정해지는 것이 아니지."

사령술의 위력은 영혼 그 자체만으로 결정된다. 어떤 의미로는 매우 공평하게 인간을 대한다고 할까?

진주를 돌려주며 휴델이 질문을 이었다.

"이에 대해 알고 있는 다른 이들은?"

"그들도 모두 처리했습니다. 다행히 알포드 왕자가 소수의 측근에게만 상황을 알려 뒤처리도 그리 어렵지 않았고요."

"그나마 뒷수습이라도 제대로 해서 다행이군."

물론 그렇다고 칭찬할 마음은 들지 않는다.

휴델은 잠시 고민에 빠졌다.

'어쩌지? 유스틸 왕국을 이대로 둘 수는 없는데.'

검은 신의 교단이 손을 뻗은 곳은 유스틸 왕국뿐만이 아니다.

전 대륙, 인류의 모든 영역에 골고루 스며들고 있다.

하지만 그중에서도 유스틸 왕국은 특별했다.

'엘레자르 님께서 특별히 살피라 하신 곳이니까.'

3인의 대마법사 중 1인이자 라케아니아 제국의 황실 마도사, 엘레자르 데 리플라시온.

그녀가 검은 신의 교단을 이끄는 3인의 성인 중 1명이라는 사실을 아는 이는 실로 극소수다. 그리고 휴델은 그 극소수 중 1명이었다.

엘레자르와의 대화를 떠올리며 그는 미간을 찡그렸다.

'왜 그분이 그런 말씀을 하셨는지는 모르겠지만 말이지.'

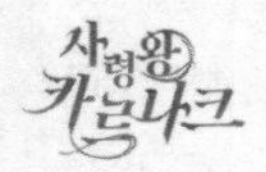

“대륙 동북부 지방 좀 자세히 살펴봐, 휴델.”

이 느닷없는 명령에 휴델은 당황했다.

“황송하오나 좀 더 상세히 말씀해 주실 수 있겠습니까? 지금으로선 너무 막연한 명령입니다.”

다행히 엘레자르는 화를 내지 않았다.

“그 정도로 상황이 명확하지 않아서 그래. 뭐랄까, 특이한 사건이 있으면 유심히 지켜보라 정도밖에 말 못 하겠는데.”

기밀 사항이라 일부러 모호하게 명령을 내리는 것이 아니라, 본인도 애매한 듯한 눈치였다.

덕분에 휴델도 용기를 냈다.

“그렇다면 조사 범위라도 좀 좁혀 주셨으면 좋겠는데요.”

“음, 그러니까…….”

나른한 미소와 함께 그녀가 말을 맺었다.

“우리가 한 짓이 아닌데 우리가 저지른 짓처럼 보이는 일들을 알아보렴.”

왜 그런 명을 내렸는지는 모르겠지만, 명령이 떨어졌으면 충실히 행하는 것이 좋은 수하의 자세인 법이다.

그래서 대륙 동북부에 해당하는 유스틸 왕국과 타룸 왕국을 특별히 살피고 있었다.

그런데 정말 유스틸 왕국에서 뭔가 사달이 일어난 것이다.

'대체 어찌해야 하나…….'

고민하던 휴델은 문득 의아해했다.

보고를 마치고도 사령술사가 자리에서 물러나질 않았다.

"아직 뭔가 남았나?"

눈치를 보며 사령술사가 입을 열었다.

"문제가 하나 남았습니다."

"문제라니?"

"알포드 왕자의 영혼은 거두었습니다만, 데츠라스 주교의 영혼은 행방을 알 수가 없습니다."

순간 휴델의 안색이 창백하게 굳었다.

"뭐? 그게 어떻게 가능하지?"

"예? 그, 그건 저도 잘……."

보고하던 이가 오히려 당황했다.

원래 사령술을 펼치다 보면 영혼 잃어버리는 일은 부지기수다. 설마 휴델이 저렇게까지 심각하게 반응할 줄 몰랐던 것이다.

하지만 이는 그저 그의 지식이 아직 미천해서일 뿐.

데츠라스에게 걸린 술법이 어떤 것인지 아는 이에겐 실로 큰 문제였다.

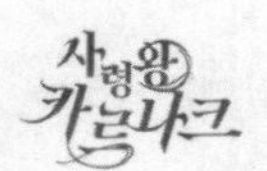

'테스라낙 님의 낙인이 찍힌 영혼이 올바른 길에서 벗어났다고? 설마 여신의 개들이 그 정도로 강력한 권능을 손에 넣었단 말인가?'

당황한 휴델이 허겁지겁 서재를 나섰다.

"제단으로 가겠다! 강령 의식을 준비하도록!"

당황하며 사령술사도 바로 뒤를 따랐다.

"아, 알겠습니다!"

휴델과 사령술사는 저택 지하로 향했다.

계단을 따라 내려가 어두침침한 복도를 지나가니 은밀하게 감춰진 석실이 나온다.

살점 덩어리며 검은 점액, 말린 풀과 괴상한 동식물 등 온갖 기괴한 물건들이 사방에 걸려 있고 바닥에 붉은색의 마법진이 그려진 곳이었다.

석실 중앙에 선 휴델이 눈을 감았다 떴다.

푸른 눈동자는 물론이고 흰자위까지 칠흑으로 까맣게 뒤덮인다.

"오라, 신도 데츠라스여……."

그렇게 몇 번이나 초혼을 시도해 보았지만 데츠라스의 영혼은 응답하지 않았다.

'정말이군. 혼이 사라졌어.'

휴델의 안색이 어두워졌다.

'이게 대체 어찌 된 일이지?'

벌써 죽음 저편의 세계, 피안으로 건너간 것일까?

아니, 그건 너무 이르다.

데츠라스의 혼에는 위대한 어둠의 신, 테스라낙의 증표가 찍혀 있다. 평범하게 피안으로 향했을 리 없다.

'그렇다면 누군가가 영혼을 빼돌렸다는 소리가 되는데…….'

휴델은 이를 빠드득 갈았다.

이건 정말 심각한 문제였다.

만약 마법이나 신성 주문에 의한 짓이라면?

테스라낙은 죽음과 어둠의 신이다. 그런데 그 죽음의 권능을 마법이나 여신의 신성 주문으로 깼다?

이건 사령술사가 빛 계열, 혹은 치유 술법으로 마법사나 여신의 성직자들을 능가했다는 소리나 마찬가지다.

대체 얼마나 강력한 권능을 지니고 있어야 그럴 수 있을까?

'아니면 다른 사령술사의 짓인가?'

분명 세상엔 테스라낙의 가르침을 받지 못한, 교단과 상관없는 사령술사들도 대거 존재한다. 워낙 종말의 어둠이 많이 뿌려졌으니까.

그들도 나름대로 강력한 힘을 지니고 있는 것은 사실이다.

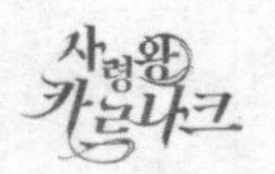

그렇다면 저들 중 검은 신의 낙인을 지울 정도로 강한 자가 존재하는 걸까?

'모르겠군.'

여하튼 이대로 계속 시도해 봐야 건질 것은 없을 듯했다.

그래서 알포드의 영혼 쪽으로 강령술을 돌렸다.

"일어나라, 이단자 알포드여……."

흑진주 속에 갇혀 있던 영혼이 바로 반응했다.

"으, 으어어어……."

알포드가 죽기 직전의 모습으로 반투명한 영체가 되어 나타난다.

영혼을 제압한 뒤 휴델은 이것저것 캐물었다. 그리고 더더욱 안색이 흙빛이 되었다.

"이건 또 뭐야?!"

알포드의 영혼은 아무것도 모르고 있었다.

문제는, 몰라서는 안 되는 부분까지 모른다는 점이었다.

"심지어 교단과 협력했던 일조차도 모르고 있잖아?"

누군가가 먼저 손을 써서 기억을 지웠다고밖에는 해석할 수 없었다.

아주 이해 못 할 상황은 아니었다. 마법이나 신성술로도 인간의 기억은 지울 수 있으니까.

하지만 기억을 가지고 노는 건 보통 사령술사들이나 하는 짓이다.

더구나 데츠라스 일행의 영혼 행방불명 사건까지 염두에 두면 더더욱 그렇다.

엘레자르의 명령이 자연스레 떠오른다.

—우리가 한 짓이 아닌데 우리가 저지른 짓처럼 보이는 일들을 알아보렴.

강령술을 거두며 휴델이 입을 열었다.

"유스틸 왕국 쪽을 제대로 조사해야겠다."

사령술사가 고개를 넙죽 숙였다.

"누구를 보내시겠습니까?"

휴델은 잠시 고민했다.

"데츠라스 주교를 파견했을 때와는 상황이 다르니……."

교세를 넓히려는 것이 아니라 뭔가를 탐색하는 것이 목적, 그렇다면 무작위로 소동을 일으킨 뒤 반응을 살피는 것이 제일 합당한 전략이다.

'얼마 전 본단에서 요검(妖劍)을 한 자루 내려 줬었지?'

생각을 정리한 휴델이 말했다.

"그걸 쓰겠다."

사령술사가 흠칫 놀라 반문했다.

"예? 하지만 그건 저희도 제어를 할 수가 없습니다만."

휴델이 싸늘하게 웃었다.

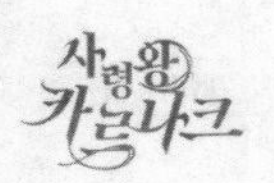

"제어할 필요가 뭐가 있겠나?"

괴물은 그저 세상에 던지는 것만으로도 충분히 큰 파문을 일으킨다.

상대가 사령술사건 아니건 분명 반응을 보이리라.

"풍랑이 일면 숨어 있던 암초가 드러나는 법이지."

짧은 휴가

10년 넘게 지속되어 온 유스틸 왕가의 암투는 결국 로이드 왕자의 승리로 돌아갔다.

알포드 왕자가 사교도에 의해 죽임을 당했으니, 왕자의 외척이며 그를 지지하던 세력 역시 붕 뜨게 되었다.

물론 그들이 순순히 패배를 인정하진 않았다. 알포드의 죽음을 두고 명쾌한 조사를 벌여야 한다며 난리를 피우기도 했다. 하지만 이내 잠잠해졌다.

조사를 할수록 알포드 왕자가 사교도와 손을 잡았음이 명백해지는 것이다.

사교도들이 확실히 꼬리 자르기를 한 탓에 정확한 파악은 불가능하지만, 적어도 알포드와 그의 측근들이 검은 신의 교단과 어울렸던 정황은 계속 튀어나왔다.

더구나 측근이 아니었던 이들도 어느 정도 눈치는 채고 있었다.

바보도 아닌데 왕자가 뒤로 딴 꿍꿍이를 꾸미고 있다는 걸 모를 순 없다. 그냥 모른 척하고 지나간 거지.

결국 이렇게 결론이 났다.

저 흉악한 사교도들이 알포드를 속이고 알차게 뒤통수를 쳤구나!

왜냐고?

그야, 누가 봐도 강력한 왕이 될 알포드 왕자가 사라지고 허약해 빠진 로이드가 왕이 되면 사교도들이 이 나라를 장악하기도 쉬워질 테니까!

로이드 왕자도 굳이 모든 진실을 밝히지는 않았다.

육체가 바뀌었다거나 하는 이야기는 철저히 감춘 채, 그저 아무것도 모르는 골방 속의 샌님인 양 행세했다.

카르나크의 조언 때문이었다.

"육체가 바뀌었었다는 사실을 숨기라고? 어째서?"

"로이드 왕자님의 영혼도 사령술에 영향을 받았다는 소리가 되니까요. 괜히 오해 살 일은 피하는 게 좋습니다."

"난 사교도와 아무 상관이 없는데도?"

"무슨 상관입니까? 사람들은 사령술과 얽혔다는 이유만으로도 의심의 눈으로 바라볼 텐데요."

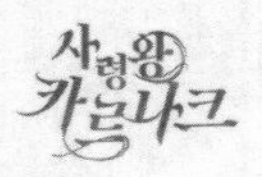

"하지만 이대로라면 나는 사교도가 택할 정도로 만만한 왕자가 되지 않나?"

"그럼 무슨 문제라도 생깁니까? 혹시 제가 모르는 왕자님이 또 계신다든가?"

"아, 그렇군."

알포드가 죽었으니 이제 로이드는 유스틸 왕국의 유일무이한 후계자다. 만만하건 허약하건, 그를 대체할 자가 존재치 않는다.

"가만히 있기만 해도 알아서 일이 잘 풀릴 거란 소리군. 이해했다, 카르나크 경."

여러모로 카르나크 일행에게 큰 도움을 받았다.

로이드 왕자는 어떻게든, 가능한 한 감사를 표하고 싶어 했다.

"정녕 바라는 것이 없나? 내 힘이 닿는 것이라면 최선을 다해 보겠네."

카르나크는 시큰둥한 태도로 대꾸했다.

"나중에 사교도들 상대할 때 뒤처리나 좀 도와주시면 됩니다. 이번처럼 귀족이나 왕족이 얽혀 있으면 골치 아프거든요."

정말이지 사심이라곤 조금도 느껴지지 않는 답변이었다.

"좋아, 그렇다면 원하는 걸 주도록 하지."

미리 준비한 듯 로이드가 품에서 황금 인장을 꺼냈다.

"이게 뭡니까?"

"그대가 내 대리인이며, 내 명을 받들어 움직인다는 증표일세. 이것이라면 사교도 사냥이 좀 더 편해지겠지?"

편해지는 정도가 아니라 왕자를 등에 업고 권력을 멋대로 휘두를 수도 있다.

사실 이렇게 쉽게 건넬 물건은 아니다.

"이런 걸 함부로 주셔도 되는 겁니까?"

"내가 봐 온 그대는 절대 그럴 사람이 아니니까."

뭔가 사람 잘못 본 것 같으면서도, 또 묘하게 맞는 말이었다.

실제로 카르나크는 저걸 휘두를 생각이 없었다.

욕심이 없어서가 아니라, 별 가치를 느끼지 못해서.

심드렁하게 카르나크가 인장을 받아 챙겼다.

"뭐, 있으면 편하긴 하겠군요."

서운한 듯 로이드가 눈을 흘겼다.

"너무 무심한 것 아닌가? 하긴, 그래서 나도 안심할 수 있는 것이긴 하네만."

이번 사건에서 카르나크 일행의 공로는 실로 지대하다.

로이드 왕자를 구했을 뿐 아니라, 오랜 왕가의 암투를 끝내고 왕국을 안정시켰다.

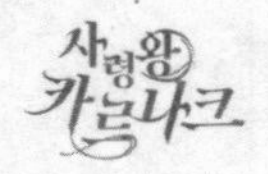

“아쉬운 건 대외적으로 알리질 못해 딱히 포상 같은 걸 기대할 수 없다는 점이군.”

에란텔 단장의 말에 카르나크가 어깨를 으쓱였다.

“그렇겠죠. 공식적으로 전, 로이드 왕자의 명을 받들어 미친 알포드 왕자를 막은 게 전부니까요.”

“달리 원하는 건 혹시 없나?”

“그럼 밀린 휴가나 좀 쓰게 해 주시죠.”

“휴가? 자네가?”

에란텔은 의아해했다.

워낙 바쁘게 사는 킹스 오더 중에서도 카르나크는 유독 사교도 사냥에 매달리기로 명성이 높았다.

킹스 오더가 된 이래 거의 쉬지 않고 매번 임무를 맡았던 것이다.

오죽하면 주위에서 좀 쉬어라, 7대대원들도 생각해야 하지 않느냐 등의 충고를 할 정도였다.

“원한다면 얼마든지 쓰게나. 하지만 어쩐 일로?”

“이번 일은 꽤 힘들었으니까요. 재정비를 할 필요가 있지 않겠습니까?”

“물론이지. 자네들도 사람이긴 했구먼.”

흔쾌히 에란텔은 휴가 서류에 서명을 남겼다. 그리고 카르나크 일행을 향해 푸근한 미소를 보냈다.

“그럼 푹 쉬게나.”

집무실을 나서며 카르나크와 바로스가 싱글벙글 웃었다.

"오, 사람답단 소리 들었다."

"그러게요, 우리도 많이 변하긴 했나 봐요!"

당연히 세라티는 어이없어했지만.

"……그게 그런 뜻이 아닐 텐데요?"

하여튼 재정비가 필요한 것은 사실이었다.

이번에 붙잡은 사교도들의 영혼은 워낙 지닌 정보가 많다. 시간을 들여 차분히 심문할 필요가 있었다.

그래서 카르나크는 특별히 수도 외곽 숲의 오두막 하나를 빌렸다.

원래는 사냥철 귀족들이 사용하는 곳이라 평소 인적이 거의 없어 이런 비밀스러운 일을 하기에 적절한 장소였다.

"가자. 으슥한 데 틀어박혀서 샅샅이 좀 훑어봐야지."

오두막에 도착한 뒤 카르나크 일행은 바쁘게 움직였다.

바로스는 오두막을 정리하며 한동안 머무를 채비를 했고, 세라티는 카르나크를 돕기 위해 지하로 향했다.

식자재를 보존하는 지하실을 싹 치운 뒤, 사령결계를 펼쳐 본격적으로 강령술을 펼칠 준비를 하는 것이다.

"웬일로 이번엔 준비가 기네요, 카르나크 님?"

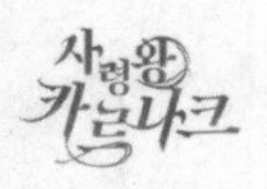

세라티가 의아해하며 물었다.

"평소엔 그냥 쉽게 영혼 부르시지 않았어요?"

"영혼이야 지금도 쉽게 부를 수 있어."

데츠라스와 케일, 올트의 영혼은 이미 완벽하게 제압했다.

망혼의 호롱에 잘 보관해 놓았으니 그냥 필요할 때 꺼내기만 하면 된다.

"그럼 뭐가 문제인데요?"

"이번엔 파악해야 할 정보가 좀 많아서 말이지."

세상 모든 일에는 장단점이 있듯, 강령술에 의한 심문이라고 산 자를 고문하는 것에 비해 마냥 편하기만 한 것은 아니다.

첫 번째 문제는 강령술의 부작용.

죽은 자를 불러 심문하는 것은 시전자의 영혼을 사악하게 물들이는 행위이니 자칫하면 오히려 사령술사가 광기에 휩싸이게 된다.

물론 카르나크에겐 해당 사항이 없는 이야기다. 악령이 오히려 카르나크를 들여다보고 미쳐 버릴 정돈데?

두 번째 문제는, 좋은 질문을 해야 좋은 해답을 얻을 수 있다는 점이었다.

산 사람은 아무리 고문을 해도 반드시 진실을 토하란 법이 없다. 의지 견정한 이라면 극심한 고통조차 이겨 내며 심문자를 속이는 경우도 허다하다.

반면 죽은 자는 결코 거짓을 고하지 않는다. 명령한 대로,

충실하게 진실만을 토한다.

"죽은 자는 의지가 없으니까."

그런데, 이 의지가 없다는 게 반드시 장점만은 아닌 것이다.

"포괄적인 정보를 얻고자 할 땐 의외로 살려서 고문하는 게 더 나을 때가 많아."

산 자를 붙잡아 놓고 '아는 거 전부 불어!'라고 닦달하며 고문을 계속한다 치자.

그럼 정말 있는 말, 없는 말 다 내뱉게 되는데, 그 와중에 건지는 정보가 상당하다.

게다가 본인의 '의지'로 떠드는 것이니 어느 정도 정보를 축약, 정리해서 내뱉기도 한다.

이쪽은 느긋하게 듣고 있다가 조금씩 조율(그러니까 손톱을 살짝 뽑아 준다거나 하는 거)만 해 줘도 된다.

"반면 강령술로 소환한 영혼은 충실하게 명령에 따르지."

아는 거 전부 불라고 하는 순간 정말 '알고 있는 모든 정보'를 두서없이 토해 내는 것이다.

"세라티도 어둠사냥꾼 시절에 많이 봐서 알 거 아냐? 악령들이 얼마나 두서없이 떠드는지."

"아, 그런 문제군요."

하늘은 파랗다, 태양은 빨갛다 등등의 온갖 헛소리까지 내뱉는 형국이다.

그래서 영혼을 심문할 땐 명확하고 적합한 질문을 던지는

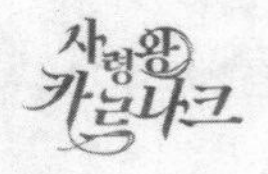

것이 필수고, 그러기 위해서는 어떤 질문을 던져야 할지에 대한 사전 정보가 필요하다.

괜히 카르나크가 데츠라스 특유의 술법, 마법과 사령술이 융합된 골렘을 정신없이 지켜보고만 있었던 것이 아니다.

"최대한 사전 정보를 파악해야 나중에라도 추가 정보를 빼내기 쉬워지거든."

그렇게 파악한 사전 정보를 통해 일일이 질문을 골라 일일이 캐물어야 하니 당연히 시간이 오래 걸릴 수밖에.

"사교단에 대해 알아내야 할 게 많잖아. 아마 며칠은 각오해야 할 거야."

설명을 마친 뒤 카르나크는 망혼의 호롱에 손을 가져갔다.

"자, 그럼 시작해 볼까?"

짙은 사기와 함께 음산한 목소리가 지하실을 울렸다.

"일어나라, 나의 종, 데츠라스여……."

어둠이 피어오르며 희끄무레한 영혼이 나타나 정중히 허리를 숙였다.

"명을 받드옵니다, 나의 주인이시여……."

휴가를 받고 숙소를 숲속 오두막으로 옮긴 지 닷새째.

카르나크는 꾸준히 강령술을 펼쳐 데츠라스 일행의 영혼

을 심문했다. 그리고 검은 신의 교단에 대한 정보를 캐냈다.

데츠라스는 사교단에서도 제법 지위가 높았던 모양이었다. 덕분에 꽤나 쓸모 있는 정보를 얻어 냈다.

"암흑 추기경, 휴델 그렌탈이라……."

추기경이라는 직위명은 별로 중요하지 않다.

그냥 사교도들이 자신들도 종교 집단이라며 기존 7여신교의 직위를 갖다 붙인 것에 불과하니까.

중요한 건 사교단의 중추부에 접근할 직접적인 정보를 얻었다는 점이다.

"20대의 잘생긴 청년에 제국 출신, 서부 접경 지역이 본거지란 말이지?"

이것만으로 바로 휴델이란 자를 찾을 순 없겠지만, 탐색 범위를 크게 좁힌 것은 사실이다.

"나중에 킹스 오더 돌아가서 추가로 조사해 봐야겠네."

그 외에도 건진 것이 제법 많았다.

데츠라스가 구사했던 마법과 사령력의 융합, 이 전대미문의 수법에 대해 어느 정도 감을 잡은 것이다.

"이거, 내 혼돈마법이랑 다른 방향으로 사령력을 조율한 방식이었군."

카르나크는 사령력에서 사기와 탁기를 지워 혼돈마력을 만들어 냈다.

이 수법은 방향성이 정반대다.

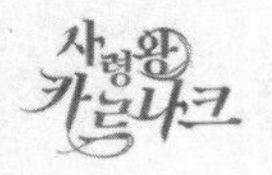

마나에 사기와 탁기를 퍼부어 사령력과 흡사하게 만드는 것이다.

사령력 같지만 사령력은 아닌데, 또 사령력이 아니라고 하기엔 한없이 사령력에 가까운 제3의 마력이라고나 할까?

이 상태라면 마법과 사령술을 융합해 구사하는 것이 가능하다.

그 술식의 오묘함에 카르나크는 새삼 감탄했다.

"이건 진짜 고난이도의 마법인데? 누가 만든 건지 모르겠다."

과거의 그는 사령술의 극에 달한 자였다. 그래서 그 지고의 경지를 통해 사령술을 혼돈마법으로 바꿀 수 있었다.

마찬가지로, 이는 마법의 극에 달한 자가 지고의 경지를 통해 마법을 사령술로 바꾼 케이스였다.

"현시대에 이게 가능한 마법사는 얼마 없는데."

10서클의 추구자, 3인의 대마법사거나 그 수제자 정도만이 가능한 수준의 마법이다.

옆에서 보조하던 바로스가 고개를 저었다.

"말이 안 되지 않아요? 그 양반들이 뭐가 아쉬워서 사령술에 손을 대요?"

카르나크가 어깨를 으쓱였다.

"이론상으론 바로스 네 말이 맞긴 한데……."

이 기현상은 마법에 관련해서만 일어나는 일이 아니다.

오러와 사령력, 신성력과 사령력의 융합 역시 본 바 있다. 전부 검은 신의 교단과 얽혔을 때의 일이다.

이 방식대로 사령력과 다른 기운을 융합시키려면 한 가지 대전제가 필요하다.

사교도 중에 사령술을 익힌 궁극의 오러 유저, 사령술을 익힌 궁극의 성직자, 사령술을 익힌 궁극의 마법사가 존재해야 한다.

7여신교의 교황이나 4대 무왕, 3인의 대마법사쯤 되는 존재가 사령술에 매진한 뒤 사교단에 뛰어들었다는 소리가 되는 것이다.

"얼핏 지나친 비약처럼 보이긴 하지. 하지만 그렇게 따지면? 온 세상을 정복한 언데드 두 놈이 모든 힘과 권세를 버리고 과거로 돌아온 건 지나친 비약이 아니고?"

"……그것도 그러네요."

뭔 일 생길지 모르는 게 세상사인 법.

고난이도의 마법 술식이 눈앞에 있는 건 틀림없는 사실이다. 그러니 아무리 황당한 추론이라도 무시할 순 없다.

바로스가 고개를 저었다.

"되도록 비약으로 끝났으면 좋겠군요. 그 작자들이랑 다시 싸우긴 싫은데……."

"그건 동감이다만, 그래도 혹시 모르는 일이니 좀 더 힘을 키우긴 해야겠지."

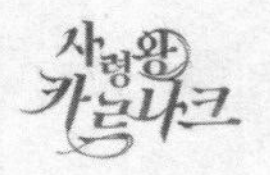

카르나크는 내심 예전에 정해 놓은 '최악의 상황에서도 제 한 몸 건사할 수 있는 수준'을 또 한 단계 올렸다. 그리고 투덜거렸다.

"거참, 소시민으로 조용히 살아가고 싶은데 왜 이렇게 일이 안 풀리지?"

"자업자득이라는 속담을 아시는지요?"

"시끄러워."

어쨌든 술식 자체로도 공부가 되었다. 특히나 운용법 면에선 건진 것이 매우 컸다.

카르나크가 양손을 들었다.

왼손에 혼돈마력, 오른손에 사령력이 아지랑이처럼 피어올랐다.

"이 방식이라면 나도 마법에 사령술을 응용할 수 있겠어."

휴가 열흘째.

오랜만에 카르나크는 지하실에서 나와 오두막 뒤뜰로 향했다.

술식 해석 및 응용 작업에 어느 정도 진척이 생겨, 실제로 마법에 적용해 보기 위해서였다.

몸을 푸는 그를 보며 바로스가 물었다.

"오래 걸리셨네요."

"응? 뭐가?"

"술식 해석요."

워낙 잘난 인간이라 데츠라스의 마법 따윈 순식간에 익혀 버릴 줄 알았다. 그런데 의외로 닷새가 넘게 매달리지 않았나?

"도련님은 궁극의 사령술사시잖아요. 그런데 아직 남들에게 배울 게 있어요?"

"사령술이야 더 배울 거 없지. 내가 제일 잘났는데."

배움을 얻은 건 마법 술식 쪽이었다.

카르나크의 마법 실력도 물론 상당히 뛰어난 편이지만, 사령술처럼 절대적인 경지는 아닌 것이다.

"그리고 이것도 사실 그렇게 오래 걸린 거 아니거든! 나니까 닷새밖에 안 걸렸지, 다른 마법사였으면 몇 달은 걸렸을걸."

카르나크가 마력을 끌어 올렸다.

"그럼 어디 시험을 해 볼까."

차분히 혼돈마력을 운용해 마법을 구사한다.

"일어나라, 대지의 혼이여!"

쿠우우웅!

뒤뜰 일부가 솟구쳐 뭉치며 커다란 흙인형이 되었다. 골렘 소환 주문이었다.

지켜보던 바로스가 눈을 빛냈다.

"오, 이제 저 골렘에 데스 아머를 덧씌우는 겁니까?"

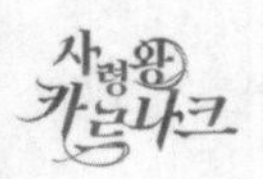

데츠라스의 수법을 재현하는 건 줄 알았는데, 의외로 카르나크가 고개를 저었다.
"아니, 그건 못해."
혼돈마법과 데츠라스의 술식은 방향성이 정반대다. 데스아머 골렘처럼 마법과 사령술을 융합하는 식으로 구사할 순 없다.
"엥? 그럼 뭘 새로 익히셨다는 건데요?"
카르나크가 히죽 웃으며 손가락을 튀겼다.
"이런 거."
다시 한번 굉음이 일었다.
쿠우우웅!
굉음은 한 번으로 끝나지 않았다.
쿵! 쿵! 쿠쿠쿵!
계속해 뒤뜰 여기저기에서 소음과 함께 흙더미가 뭉쳐 솟구친다. 그리고 그 모든 것들이 커다란 흙인형이 되어 대지에 우뚝 선다.
"어라?"
"어머?"
바로스와 세라티가 놀라 눈을 크게 떴다.
어느새 뒤뜰에는 20기나 되는 골렘들이 나란히 도열해 있었다.
"어떻게?"

"저게 저렇게 많이 부를 수 있는 거였어요?"

카르나크가 의기양양하게 대꾸했다.

"마법만으로는 불가능하지."

수준이 비슷하다면 사령술사의 소환술이 마법사보다 모든 면에서 월등하다. 이것이 세상의 상식이다.

수십, 수백의 좀비나 스켈레톤을 부리는 사령술사는 솔직히 크게 신기하지 않다.

하지만 골렘 수십, 수백 기를 다루는 마법사를 본 적이 있나?

아무리 강력한 마법사라도 골렘 3~4기조차 다루기 벅차하는 것이다.

"대마법사조차도 다루는 골렘의 숫자를 대폭 늘릴 순 없어. 왠지 알아?"

"왜요?"

"골렘은 매번 마법사가 직접 조종 술식을 짜 넣어야 하거든."

마력이 모자라서가 아니다. 집중력과 연산력의 문제다.

"그래서 마법사는 골렘 수십 기를 동시에 다루는 것보다, 수십 기의 힘을 지닌 슈퍼 골렘 하나를 만드는 쪽을 선호하지."

반면 사령술사는 정반대였다.

좀비나 스켈레톤 같은 언데드는 사령술사가 직접 조종 술식을 짜 넣을 필요가 없다.

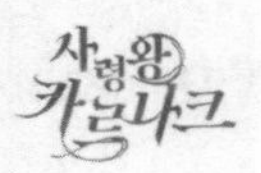

"시체의 잔존 사념이 조종 술식을 대체하니까."

그냥 일으키기만 하면 끝이다. 연산력이나 집중력 등은 거의 필요로 하지 않는다.

사령력만 허용하면 수백, 수천의 언데드도 펑펑 일으킬 수 있다.

"그래서 두 방식을 혼용했다."

소환한 20기의 골렘을 가리키며 카르나크는 빙그레 웃었다.

"골렘 1기 소환할 때마다 잔존 사념을 하나씩 넣어 주고, 혼돈마력을 사령술처럼 운용해 움직이는 거야."

이게 그가 얻은 새로운 힘이었다.

사교도들처럼 마법과 사령술을 융합할 수는 없다. 방향성이 전혀 다르다.

"솔직히 할 필요도 없고. 내 수준에 무엇 하러 그런 짓을 해?"

그쯤 되면, 마법과 사령술을 융합하는 것보다 그냥 사령술을 쓰는 게 차라리 더 낫다.

"하지만 이 방식이면 꽤나 쓸모가 있지."

카르나크가 다른 주문을 준비했다.

사령술의 운용 방식으로 혼돈마법이 발동한다. 등 뒤로 수십 개의 검은 광구가 떠오른다.

세라티가 의아해했다.

"그냥 작렬의 마탄 아니에요? 색깔만 다르고."

"겉보기엔 그렇지."

두고 보라며 카르나크가 마법을 발동시켰다.

"칠흑의 마탄!"

수십 개의 마탄이 숲 여기저기를 강타하며 폭음을 일궜다.

콰콰콰콰콰쾅!

지진이 일어난 것처럼 땅이 흔들린다.

실로 엄청난 위력이었다.

그제야 이해한 세라티가 고개를 끄덕였다.

"아, 그렇구나."

마법의 강점은 강력한 파괴력.

사령술의 강점은 극히 효율적인 마력 소모와 간단한 연산에 의한 연속 폭격.

칠흑의 마탄은 저 두 가지를 모두 지니고 있었다.

사령술과 마법의 장점만을 취할 수 있게 된 것이다.

"다만 기존의 마법사에겐 별 도움이 되지 않을 것 같아. 사실 난이도는 몇 배나 높거든."

다른 마법사가 이 방식을 쓰려면, 여태 익혀 온 마법 외에 사령술 운용법도 따로 익혀야 한다.

그런 시간 낭비를 할 바엔 그냥 기존의 효율적인 마법을 구사하는 게 백배 낫다.

하지만 카르나크는 세상에서 가장 사령술을 잘 쓰는 인간이었다.
“쉽고 어색한 방법보다, 어려워도 익숙한 방법이 낫지.”
무엇보다 최고 장점은 따로 있었다.
“이거, 겉보기엔 여전히 마법으로밖에 안 보이지?”
잔존 사념을 넣는 것이지 영혼을 넣는 게 아니다. 골렘에 사기나 탁기가 묻지는 않는다는 소리다.
그런 골렘을 수십 기씩 다룬다 해서 사령술사라고 의심하진 않을 것이다. 천재 소환술사가 나타났다고 감탄하면 했지.
칠흑의 마탄 역시 마찬가지.
사기도 탁기도 느껴지지 않으니 그냥 머리 좋은 마법사가 마탄을 많이 쏘는구나 정도로만 여길 것이다.
여러모로 흡족한 결과였다.
“시간을 들이면 계속 전용 술식을 늘릴 수 있을 것 같다. 누군지는 모르지만 정말 좋은 공부가 됐어.”
마력을 가라앉히며 카르나크는 뿌듯해했다.
지켜보던 바로스가 부러운 듯 중얼거렸다.
“좋으시겠수, 난 여전히 오러에 대해 감도 못 잡고 있는데.”
“아, 그거 말인데.”
그제야 생각난 듯 카르나크가 고개를 돌렸다.
“네가 왜 오러를 각성 못하는지도 대충 알겠더라.”

"엥? 어떻게요?"

납득할 수 없었다.

무인이 아닌 카르나크가 바로스도 모르는 오러의 비밀을 파악했다고?

"응. 이번에 사교도들 심문하다 깨달은 건데……."

어이없다는 듯 카르나크가 말을 이었다.

"바로스 너, 사령술사였더라?"

황당해하며 바로스가 눈을 깜빡였다.

"……제가요?"

전생에나 지금이나 바로스는 전형적인 무인이었다.

몸이 좋은 덕에 머리가 고생하지 않는 삶을 살아왔단 소리다.

평생 책을 멀리하며 살았다.

카르나크가 워낙 닦달을 해 그나마 글자 정도는 읽을 줄 알았지만, 그래 봤자 검술서나 무술서를 보는 정도가 전부였다.

"그런 제가 무슨 사령술사예요?"

"제대로 된 사령술사란 소린 아니고……."

머리를 긁으며 카르나크가 설명을 이었다.

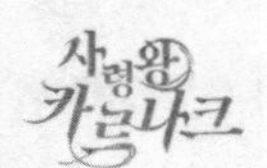

"생각해 봐. 우리가 그동안 잡았던 어둠의 군주님들은 뭐, 제대로 된 사령술사였냐?"

바로스가 멍한 표정을 지었다.

"그러고 보니 종말의 어둠만 믿고 멋대로 날뛰던 작자들도 사령술사이긴 했네요."

사령술은 마법과 다르다. 지식과 지혜가 있으면 좋긴 하지만, 없다고 전혀 힘을 쓸 수 없지는 않다.

글자조차 못 읽는 까막눈 사령술사도 존재할 순 있는 것이다.

"하지만 전 종말의 어둠 같은 걸 취한 적이 없는뎁쇼? 아니면 혹시 모르는 사이에 어둠에 물든 적 있어요, 저?"

그렇다면 실로 억울하다! 기껏 회귀한 뒤 얼마나 건강에 신경을 쓰며 살았는데?

카르나크가 고개를 저었다.

"네 육체는 멀쩡해. 문제는 영혼 쪽이지."

마나와 오러, 신성력과 사령력.

이 기운들은 한번 터득하면 돌이킬 수 없다. 체내에 쌓아 권능으로 바꾸는 과정에서 시전자의 영혼과 육체가 그 방식에 최적화되기 때문에.

그렇다.

'영혼'과 '육체'다.

"육체에서 기운만 지운다고 완전히 리셋되진 않는다는 소리야.”

아무리 바로스가 풋내기 시절의 육체로 돌아왔다 해도, 그의 영혼은 여전히 사령왕을 보필한 데스 나이트 로드인 것이다.

“……그러니까 데스 나이트였지 사령술사는 아니었잖아요.”

“바로스, 네 주특기가 뭐였냐? 빙의랑 암흑 투기였지?”

다른 사람 몸에 들어가서 그 사람의 기운을 훔쳐 쓰거나, 아니면 아예 타인의 기운을 뽑아 어둠의 힘으로 바꾸는 행위에 통달한 자.

“이걸 사령술사라고 안 부르면, 대체 뭐가 사령술사인 건데?”

바로스가 멍한 표정을 지었다.

“……어?”

듣고 보니 납득이 간다.

카르나크가 그렇게나 썩어 빠진 놈이었는데, 100년 동안 옆에 붙어 다닌 놈이 안 썩었을 리 없잖아?

“가만, 그럼 도련님은 어차피 사령술사가 될 수밖에 없는 거였어요?”

분명 카르나크는 사령력을 터득한 이후로만 회귀가 가능하다고 했다. 그래서 마법이나 다른 걸 못 익히고 혼돈마법을 새로 만든 것이라고.

그런데 사실은 사령력이 있건 없건 이미 영혼이 사령술사라 다른 건 못 익히는 거였다고?

"꼭 그렇진 않아."

실은 이것이 그동안 카르나크가 이 문제를 미처 깨닫지 못한 이유였다.

육체에 기운이 쌓인 후엔 돌이킬 수 없다. 하지만 영혼의 경우엔 그냥 과거의 버릇이 남아 있는 것일 뿐이다.

영혼의 버릇을 지우면 새 출발도 할 수 있으니, 무의식중에 무시하고 넘어가 버렸다.

"그런데 이제 와서 생각해 보니까 저 버릇 고치는 것도 보통 일이 아니겠더라고."

오러를 터득하는 행위를 색깔놀이로 비유해 보자.

평범한 사람들의 영혼이 흰색이고, 오러를 다루는 영혼이 붉은색이라면?

오러를 터득하는 과정은 영혼에 붉은 염료를 붓는 것이 된다.

그런데 현재 바로스의 영혼은 파란색인 셈이다.

"파란색에 붉은 염료 부어 봤자 보라색밖에 더 나오겠어?"

이래서는 아무리 기존 방식으로 연습해도 원하는 결과가 나올 리 없다.

일단 영혼을 흰색으로 만들고 나서야 기존 방식대로 오러를 각성할 수 있겠지.

"애초에 첫 단추부터 잘못 끼우고 있었던 셈이지."

바로스는 천천히 고개를 끄덕였다.

이제 좀 상황이 이해가 갔다.

"저만의 고유한 오러 각성 방식을 따로 만들어야 한다는 소리군요?"

"그렇지."

"그건 어떻게 하는 건데요?"

기대에 찬 바로스의 시선을 외면하며 카르나크가 딴청을 피웠다.

"그걸 내가 어떻게 알아? 내가 칼잡이냐? 네가 칼잡이지."

"윽……."

실망한 바로스가 고개를 떨구었다.

하지만 맞는 말이다.

애초에 카르나크는 사령술사일 뿐이다. 당연히 사령술과 관련 문제점만 짚어 줄 수 있다.

"해답은 제가 찾는 수밖에 없겠군요."

카르나크 일행이 받은 휴가는 총 20일.

그 기간 동안 카르나크는 알찬 시간을 보냈다.

마법과 사령술을 혼용하는 새로운 수법을 개발하고, 그동안 무식하게 늘려 온 혼돈마력을 안정화시키는 데도 최선을 다했다.

마법사로서의 실력도 크게 늘었다.

경지는 여전히 6서클이지만 마법의 위력과 효율이 크게 오른 것이다.

실제로 전투에 돌입하면 어지간한 7서클 마법사와 붙어도 밀리지 않을 터였다.

세라티 역시 충실하게 심신을 재정비했다.

강자와의 전투를 되새기며 자신의 것으로 만들고, 꾸준히 바로스에게 가르침을 받아 가며 오러를 연마했다.

그저 바로스만 속 터질 지경이었다.

"문제를 파악한 건 좋은데, 도무지 답을 모르겠구만요."

영혼에 안 좋은 버릇이 들었으니 그 버릇을 지우라고? 그러니까 그걸 대체 어떻게 하는 건데?

전생 때 터득한 검술의 지식과 지혜도 이 경우엔 쓸모가 없었다.

애초에 이런 경우 자체가 존재한 적이 없으니까.

남들과 다른 길을 걸으면 이게 문제다. 문제 생겼을 때 참조할 것이 없다.

결국 아무런 감도 잡지 못한 바로스였다.

"아오, 나만 제자리네."

휴가 기간이 끝나자 카르나크 일행은 킹스 오더 본부로 돌아왔다.

7대대의 부하 중 1명이 황급히 그를 맞이했다.

"카르나크 대장님, 이제야 돌아오셨군요!"

어째 평소와 달리 긴박해 보이는 표정이었다.

안색을 굳히며 카르나크가 물었다.

"무슨 일 있나?"

"예, 왕국 남부, 제텔바 지방의 일입니다."

고개를 끄덕이며 대원이 진지하게 대꾸했다.

"피를 마시는 마검이 나타났습니다. 검을 쥔 자를 홀려 살인귀로 만드는 마물이라고 합니다."

카르나크와 바로스가 의아해하며 서로를 바라보았다.

[피를 마시고, 사용자를 홀려 살인귀로 만든다고?]

[그냥 흔해 빠진 물건 아니에요, 도련님?]

[응. 별것도 아닌데 왜 이리 난리지?]

대원이 잔뜩 굳은 어조로 말을 이었다.

"지난 열흘 동안 500명이 넘는 희생자가 생겼습니다. 에란텔 단장님도 이 건을 심각하게 여기고 계시고요."

그러자 두 사람의 표정도 심각해졌다.

"……500명? 열흘 만에?"

"고작 마검 한 자루로요? 그게 말이 되나?"

마검 출현

열흘 전, 제텔바 지방의 작은 시골 마을 마레다에서 대량 학살 사건이 일어났다.

마을 주민들은 물론이고 키우던 가축들까지 모조리 죽어 버린 것이다.

특기할 부분은 주민과 가축 전부 피가 빨려 미라처럼 말라 있었다는 점.

흡혈귀, 혹은 그에 준하는 마물의 출현이라 여기고 인근 신전에서 조사에 들어갔다. 그리고 역시나 피를 빨린 채 시체로 발견되었다.

정체불명의 학살은 계속 이어졌다.

마레다 마을을 시작으로 고작 닷새 만에 4개 마을이 지도에서 지워졌다.

그 피해가 무려 수백에 달했으니 세상이 발칵 뒤집히는 것은 당연한 일이었다.

결국 제텔바 지방에서 제일 큰 도시인 아첸바트 시티에서까지 피해자가 대거 생겼다.

도시쯤 되니 아무리 괴물이라도 마주친 모든 이들을 죽여버릴 순 없었다.

힘이 부칠 때까지 살육을 저지른 뒤 도망쳤고, 그 와중에 다수의 목격자가 나왔다.

이 시점에서야 비로소 여신교단도 학살의 주체와 정면으로 마주했다.

무수한 살육을 저지른 괴물의 정체는 기괴한 형태의 양수검을 든, 고작해야 열서너 살 정도의 작은 소녀였다.

예전이었다면 저런 하찮은 소녀가 어찌 그런 끔찍한 학살을 저지를 수 있었는지 이해하지 못했을 것이다.

하지만 시대가 변했다.

대륙 곳곳에서 종말의 어둠이 창궐해 온갖 사령술이 판을 치는 시절이었다.

교단은 냉철하게 상황을 판단했고, 이내 소녀를 지배하고 있는 마검의 존재를 알아차렸다.

하긴, 워낙 가공할 사기와 혈기를 풍기고 있었으니 모른 척하기도 힘들었겠지만.

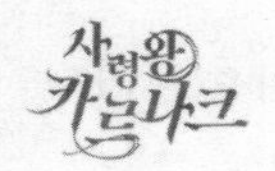

목격자들의 증언, 현장에 남아 있는 흔적과 기운 등을 조사해 옛 문헌 기록들과 교차 검증하면 꽤나 정확한 판단을 내릴 수 있다.

－인간을 숙주로 삼아 힘을 발휘하는 요검으로 판단됩니다.

－블러드 이터 계열의 마검으로 보입니다.

사악한 힘을 지닌 유물을 뿌려 세상을 어지럽히는 짓은 사교도들의 주특기 중 하나다.

뿐만 아니라, 개인의 짓이라기엔 지나치게 학살의 간격이 짧고 범위가 넓었다. 조직적인 활동일 가능성이 컸다.

자연히 여신의 교단은 검은 신의 교단을 의심했다.

상대가 사교도라면 킹스 오더의 몫.

수도 드룬타로 연락이 갔고, 5대대가 임무를 맡아 움직이게 되었다.

"……그리고 엊그제 연락이 왔지. 5대대가 몰살당했다더군."

한숨을 쉬며 에란텔 단장이 고개를 저었다. 카르나크와 바로스가 고개를 끄덕였다.

"어쩐지……."

"본부가 발칵 뒤집혔더라니……."

이들이 서 있는 곳은 킹스 오더 본부의 특별 회의실.

에란텔 단장을 비롯해 1대대와 7대대의 중추가 모인 곳이었다.

5대대의 궤멸은 킹스 오더 창립 이래 최악의 사건이다.

이런 일이 터졌으니 결코 좌시할 수 없다.

그래서 킹스 오더 최강이라는 1대대와, 최근 주가를 올리고 있는 7대대가 함께 소환된 것이다.

1대대의 대장 지켄과 그의 부관인 트리브, 해리스.

7대대의 대장 카르나크와 그의 부관인 바로스, 세라티.

모두를 둘러보며 에란텔 단장이 말했다.

"자, 다들 상황은 이해했겠지?"

40대 중반의 마른 사내, 지켄이 진지한 표정을 지었다.

"뭐랄까, 예상을 크게 상회하는군요."

여신 교단에서는 마검의 능력을 레드 나이트 중 상위급 정도로 예상했다. 그간 벌인 학살을 토대로 내린 추론이었다.

비슷한 연배의 기사, 트리브도 턱을 만지며 중얼거렸다.

"5대대도 결코 약하지 않거늘……."

1대대의 대장인 7서클의 마법사 지켄과 부대장인 청색급 오러 유저, 트리브.

둘 다 유스틸 왕국 내에서 손꼽히는 강자들이었다.

1대대가 킹스 오더 최강이라 불리는 이유이기도 했다.

그런 이들이 보기에도 마검의 위력은 지나치게 높았다.

"단신으로 5대대를 모조리 쓰러뜨렸다라……. 트리브, 자네라면 가능하겠나?"

"무리지. 단시간에 수백 명을 학살하는 건 여건이 허락한다면 어찌 가능하겠지만."

어차피 일반 백성들을 상대로 한 학살이다. 개인의 강함보다는 기동성과 지구력의 문제이니 아주 불가능한 일만은 아니다.

"물론 누군가가 조직적으로 뒤를 받쳐 줄 때의 이야기다. 사람인 이상 먹고 자는 것에서 자유롭지 못할 것 아닌가?"

반면 마검에 홀린 상태라면 의식주에서 비교적 자유로울 터.

"하지만 5대대를 상대로? 어림도 없지."

에란텔을 돌아보며 트리브가 물었다.

"단장님이라면 가능하시겠습니까?"

평소라면 겸손을 떨었겠지만 지금은 상대의 전력을 파악해야 하는 자리다. 쓸데없는 겸양보단 객관적인 판단이 필요하다.

에란텔이 진지하게 대답했다.

"전력을 다하면 가능할 것 같긴 하군. 하지만 나 역시 무사하다는 보장은 없다네."

보고에 따르면, 마검의 소녀는 전투를 벌이고도 별 상처 없이 자리를 떴다고 한다.

회의실 분위기가 어두워졌다.

킹스 오더의 단장 에란텔은 유스틸 왕국에서도 둘밖에 없는 퍼플 나이트였다. 오러 유저 사이에서도 괴물 취급을 받는 전술 병기란 의미였다.

그런데 고작 검 한 자루만으로 평범한 백성을, 심지어 건장한 사내도 아니고 연약한 소녀를 그 정도의 괴물로 탈바꿈시킨다?

지켄이 혀를 찼다.

"과연 어둠의 권능은 우리 상상을 초월하는군요. 이렇게나 강력한 마검이 존재할 수 있다니, 상상도 못 했습니다."

상황을 지켜보던 카르나크와 바로스가 비밀 전언을 주고받았다.

[점점 더 이해가 안 가네요, 도련님.]

[동감이다. 그 정도면 청색급도 모자라서 자색급에 필적한단 소린데…….]

[저렇게 강력한 마검이 세상에 존재할 수 있어요?]

[절대 없지.]

[그렇죠? 제가 잘못 알고 있는 게 아니구만요.]

세라티가 끼어들었다.

[저기, 대체 무슨 근거로 그렇게 말씀하시는 건가요?]

세상은 넓다.

아무리 카르나크가 사령술의 극한에 달했다 해도, 저렇게까지 단언하는 건 좀 무리가 아닐까?

이유는 의외로 단순했다.

[내가 모르니까.]

[그게 다예요?]

[아니, 정말로 내가 모르면 없는 거라니까?]

사령왕이 되어 세계를 지배한 뒤, 카르나크는 전 대륙을 샅샅이 뒤져 어둠의 기물들을 모조리 거둔 적이 있다.

다른 건 몰라도 사령술 계열의 물건이라면 그의 눈을 피할 수 없는 것이다.

[그렇다면 누군가 새롭게 만들어 낸 마검일지도 모르겠네요.]

[그것도 불가능해.]

[왜요?]

[내가 못 만드니까.]

[……와, 진짜 오만한 말씀이시네요.]

하지만 카르나크에겐 충분히 그럴 자격이 있었다. 적어도 사령술에 관련만큼은.

[요새야 워낙 신기한 방식으로 사령술을 쓰는 놈들이 자꾸 튀어나와서 아주 확신할 수 없긴 한데……]

설령 다른 기운과 사령력을 융합하는 방식이라 해도, 저런 마검은 이론상 존재할 수 없다.

[신외지물로 능력을 부여하는 것에는 엄연히 한계가 있거든.]

혹여 카르나크조차 모르는 수법이 새로 있어 퍼플 나이트에 필적하는 권능을 부여하는 마검을 만들었다 치자.

[그 정도 힘을 한낱 인간이 감당할 수 있을 리가 없잖아? 진작 펑 터져 버리지.]

[버티게 만드는 방법이 있을 수도 있잖아요?]

[그런 방법이 있었으면 내가 굳이 권능 다 버리고 시공 회귀까지 했겠니?]

사람다운 감각 좀 느껴 보겠다고 애꿎은 인간들 잔뜩 붙잡아 펑펑 터트려 본 놈이 하는 말이었다.

충분히 근거가 있는 추측인 것이다.

[뭔가 다른 게 있어.]

회의를 마치고 차후 대책이 결정됐다.

사안이 사안인 만큼 원래는 에란텔 단장이 직접 나서려고 했다.

마검의 위력이 자색급에 필적하니, 퍼플 나이트인 자신이 상대해야 하지 않느냐는 것이다.

하지만 지켄과 트리브가 만류했다.

“단장님께서 자리를 비우시는 건 곤란합니다.”

“사교단 놈들이 또 무슨 짓을 벌일지 모르잖습니까?”

왕실 기사단장 알론드와 킹스 오더 단장 에란텔은 유스틸 왕국에 둘밖에 없는 자색급 오러 유저다.

사교도들이 수도에서 뭔가를 꾸미고 있다면 가장 큰 걸림돌 중 하나란 의미다.

“어쩌면 단장님을 왕도에서 끌어내기 위한 계략일 수도 있지요.”

“설령 그게 아니더라도, 지금 상황에서는 단장님이 드룬타를 떠나는 것 자체의 리스크가 너무 큽니다.”

이미 사교단 때문에 알포드 왕자를 잃었다.

왕가의 오랜 암투가 끝난 건 좋은 일이지만, 덕분에 왕위 계승권자는 이제 로이드 왕자 1명밖에 남지 않게 되었다.

그마저 사고를 당하면 유스틸 왕국의 정세가 크게 흔들린다.

지켄과 트리브가 에란텔을 설득했다.

“저희에게 맡겨 주십시오.”

“충분히 감당할 수 있습니다.”

“저희가 힘을 합치면 설령 단장님이라 해도 무사하진 못하실 텐데요? 게다가 카르나크 경과 7대대도 있습니다.”

에란텔도 납득했다.

"알았네. 그럼 자네들에게 일임하지."

그렇게 1대대와 7대대가 합동작전으로 움직이게 되었다.

1대대의 대장 지켄이 총지휘관, 카르나크가 부지휘관을 맡았다.

덤으로 마검의 이름 역시 정식으로 정해졌다.

저런 유의 마검이 칼날에 이름 새겨 놓고 다니는 것도 아니고, 원래 명칭이야 당연히 모른다.

하지만 이름이 없으면 여러모로 불편한 것이다.

매번 보고서에 '왕국력 XX년, XX지방에 출몰한 마검'이라고 적을 순 없지 않나?

그래서 태풍이나 지진처럼, 특별한 사건이나 마물 등에도 명칭을 따로 붙이는 것이 관례가 되었다고 한다.

"마검 마레다라……."

숙소로 돌아가며 카르나크가 혀를 찼다.

"세상이 변하니 마검 이름도 희한하게 붙이네."

원래 저런 유의 마검은 세월이 지나며 자연스럽게 명칭이 붙곤 했다. 심연 지배자니 어둠 소환자니 하는 식으로.

반면 이 마검은 '마레다'란 이름이 붙었다.

검이 처음 발견된, 최초로 피해를 입은 마을 이름이 마레다라는 단순한 이유였다.

"이래도 되는 거야? 죽은 사람들은 굉장히 억울할 것 같은데.”

소중한 추억이 깃든 마을 이름이 사악한 마검의 이름이 된 셈이다.

“이래서야 죽어서도 눈 제대로 못 감겠다.”

별것 아니란 듯 바로스가 대꾸했다.

“관리들이 대충 붙인 이름이잖습니까? 그 동네가 원래 그렇죠, 뭐.”

“하긴, 공무원스럽긴 하다.”

세라티가 어이없어하며 물었다.

“산 사람 목숨은 신경도 안 쓰시면서 죽은 사람 기분은 챙기시는 거예요?”

“왜? 이상해?”

“……그러니까, 왜 이상하다고 여기지 않는지가 더 이상하다니까요?”

“어, 나한텐 흔한 일이라서?”

세라티의 표정이 묘해졌다.

생각해 보니 정말 그럴 법도 하다.

산 사람 목숨은 무시하고 죽은 사람 기분은 챙긴다? 이것이야말로 사령술의 본질 아닌가?

어쨌든 세 사람은 계속해 바삐 걸음을 옮겼다.

마검 마레다는 지금도 어디선가 학살을 이어 가고 있을 터였다. 시간적 여유가 그다지 많지 않았다.

오늘 내로 7대대 전원을 소집해 1대대와 합류한 뒤 제텔바 지방으로 향해야 하는 것이다.

바로스가 한숨 섞인 하소연을 흘렸다.

"킹스 오더는 여전히 바쁘구만요. 휴가 복귀한 게 오늘인데."

카르나크 일행이 왕도 드룬타를 떠난 지 사흘째.

한 적막한 시골 마을에 수십 명의 외지인들이 모습을 드러냈다.

제텔바 지방에 도착하자마자 곧바로 마검 추적부터 나선 킹스 오더 1대대와 7대대였다.

마검 마레다가 마지막으로 학살을 저지른 마을을 찾아, 거기서부터 흔적을 더듬는 것이었다.

마을 곳곳에 말라붙은 혈흔이 가득했다.

잘려 나간 시체며 인간의 살점 조각들을 지나치며 대원들이 눈살을 찌푸렸다.

"끔찍하군."

"족히 수십 명은 죽은 것 같아."

주위를 살피며 지켄이 물었다.

"이곳 마을 주민들은 다 죽었나?"

30대 초반의 갈색 머리 여인이 질문에 답했다. 킹스 오더 1대대 소속 2급 심문관, 불과 투쟁의 여신 카테라의 성직자

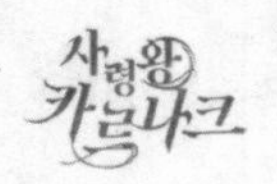

메이리였다.

"10여 명 정도의 생존자가 있습니다. 인근 사이샤 신전에서 보호 중이라더군요."

"몰살시키진 못했다는 소리군."

마검 출현 초기에는 생존자조차 못 남기고 마을이 몰살당한 적도 많았다. 미처 도망을 가지 못한 탓이었다.

아무것도 모르는 주민들 눈에는, 그저 거렁뱅이 소녀가 분수에 안 맞는 커다란 칼을 한 자루 쥔 채 비척비척 걸어오는 것으로밖에 안 보이는 것이다.

그걸 보고 누가 도망을 가겠는가?

좋은 사람이라면 안쓰러운 소녀를 챙겨 주려 다가갈 것이고, 나쁜 놈이라면 나쁜 마음을 먹고 다가가겠지.

어느 쪽이 되었건 마검의 좋은 먹잇감이 될 수밖에 없다.

하지만 이젠 제텔바 일대가 전부 공포에 젖어 있으니, 마검의 소녀가 나타나기만 해도 모두 겁에 질려 도주했으리라.

"아무리 마검의 능력이 엄청나다 해도 사방팔방으로 도망치는 주민들을 전부 붙잡을 순 없었겠지."

지켄은 고개를 돌려 라티엘의 법복을 걸친 소녀를 바라보았다. 원래는 카르나크의 부하인 7대대 2급 심문관, 밀리아였다.

"밀리아 신관, 메이리 신관을 도와 추적을 시작해 주게."

"예, 대장님."

명령이 떨어지자 두 여인이 10명의 병력을 대동해 마을 밖으로 향했다.

마을 곳곳에 남아 있는 어둠의 흔적을 파악해 마검 마레다의 이동 경로를 추적하기 위해서였다.

남은 이들을 돌아보며 지켄이 말을 이었다.

"우리도 거리를 두고 뒤따르도록 하지. 다들 절대 경계를 늦추지 말게."

1대대와 7대대는 계속 남하하며 마검 마레다의 자취를 쫓았다.

추적은 수월하게 진행되었다.

어둠의 흔적이 워낙 강력했다. 게다가 쉴 새 없이 이어져 있었다.

2급 심문관 수준이라도 쉽게 찾을 수 있을 정도로 뚜렷한 흔적이었다.

너무 거침없이 나아가기에 오히려 세라티가 의아해할 정도였다.

[이거 제대로 뒤쫓고 있는 것 맞나요, 카르나크 님?]

[잘하고 있는데, 왜?]

[그냥 너무 쉬워서요.]

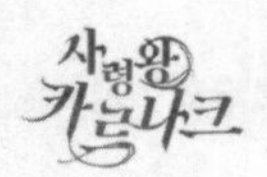

[딱히 이상할 것도 없는데?]

애초에 마검에 홀린 시점에서 이성이나 지성 따윈 남아 있지 않다. 그저 피와 살육을 찾아 헤매기만 하는 존재일 뿐이다.

[원래 마검이란 게 그래. 누군가의 눈을 피해 숨어 다닌다는 개념 자체가 없을걸.]

그동안 어찌하지 못했던 이유는 만나는 족족 다 죽어 나가서이지, 찾지 못해서는 아닌 것이다.

[5대대도 찾기는 쉽게 찾았잖아? 그 후가 문제였지.]

[그렇군요.]

[걱정 마. 저 지켄이란 양반, 지금 잘하고 있으니까. 별문제 없이 끝날 것 같은데?]

그렇게 1대대와 7대대가 남동쪽으로 반나절쯤 움직였을 때였다.

한발 앞서서 추적 중이던 메이리와 밀리아가 본대로 돌아왔다. 둘 다 긴장한 기색이 역력한 얼굴이었다.

"마검 마레다의 위치를 확보했습니다, 지켄 대장님."

초원이 내려다보이는 야트막한 언덕 너머로 듬성듬성한 숲이 펼쳐진다.

마검의 소녀는 숲 그림자 사이에 숨어 있었다.

빛을 피하려는 듯, 굵은 나무 아래 주저앉아 최대한 몸을 웅크린 자세였다.

"저것인가?"

목표물을 살피며 지켄이 명령을 내렸다.

"전원, 포위망을 펼치도록."

1대대와 7대대가 널리 퍼져 숲 곳곳에 포진하기 시작했다.

5대대와 거의 다를 바가 없는 전략. 언데드 계열 마물을 상대하는 전형적인 방식이었다.

사령술사나 언데드 계열 마물은 함부로 인해전술로 몰아치면 곤란한 경우가 생긴다.

인간의 정혈을 먹이로 삼는 마물은 아군을 잡아먹고 기력과 권능을 회복할 수 있다. 어설픈 약자는 오히려 방해만 될 뿐이다.

그래서 일부러 정예를 모아 따로 킹스 오더를 창설한 것 아닌가?

하지만 저 마검 마레다는 정황상 퍼플 나이트에 필적한다. 특수 부대인 킹스 오더의 대원조차도 약자에 속하는 셈이다.

오직 강력한 오러 유저와 고위 마법사만이 저 마검을 직접 상대할 자격이 있다.

하나 예상 밖의 변수가 생길지도 모르니, 남은 이들도 포위망을 구축한 채 압박하는 형태를 취하는 것이다.

포위망이 완성되자 두 사내가 검을 뽑아 들며 앞으로 나섰다.

1대대의 부대장, 청색급 오러 유저 트리브와 지켄의 부관인 적색급 오러 유저, 해리스였다.

여기에 7서클 마법사인 지켄과 2급 심문관 메이리가 가세하면 1대대 최정예 멤버가 완성된다.

마법 지팡이를 꺼내 쥐며 지켄이 카르나크와 세라티를 돌아보았다.

"우리가 먼저 탐색을 해 보겠네. 자네들은 상황을 봐서 움직여 주게."

"알겠습니다."

"대기하고 있을게요."

두 사람 역시 마검을 직접 상대할 정도의 강자다. 6서클의 마법사와 레드 나이트니까.

하지만 무작정 숫자만 많다고 능사는 아닌 것이다. 괜히 손발 안 맞으면 오히려 서로 방해가 될 수도 있다.

그래서 포위망을 유지한 채 상황을 지켜보다가 균형이 무너지거나 위험 상황일 때 끼어들기로 약속해 두었다.

바로스? 바로스는 애초에 오러 유저가 아니라 언급도 안 됐고.

'아, 서럽네, 진짜.'

투기검을 빼 들며 트리브와 해리스가 나무 그루터기 가까이 접근해 갔다.

여전히 소녀는 미동도 하지 않았다. 하지만 마검은 달랐다.

우우우웅…….

칼날이 흔들리며 기괴한 공진음을 울린다. 공기를 타고 웃음소리가 들려온다.

묘하게 섬뜩하게 들리는 비웃음이었다.

키득…….

마검의 주위로 어둠이 피어오르기 시작했다.

동시에 소녀가 움직였다.

소녀가 검을 들고 일어나는 게 아니라, 검이 소녀를 매달고 허공으로 떠오른다.

'점점 사기가 짙어지는군.'

긴장하며 지켄은 지팡이 끝을 어루만졌다.

5대대의 사례도 있으니 무모하게 움직일 순 없다.

"어디, 반응을 한번 볼까?"

방대한 마나가 술식을 타고 흐르며 마법이 되어 현세에 현현한다.

지팡이 끝에서 불길이 치솟고, 솟구친 불길이 허공에서 뭉치며 회오리친다.

"플레임 스트라이크!"

거대한 불기둥이 숲 중앙을 꿰뚫었다.

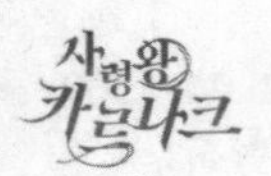

무지막지한 폭발이 숲 전체를 뒤흔들기 시작했다.

콰아아아앙!

사방에서 폭연이 밀려왔다. 얼굴을 가리며 세라티가 투덜거렸다.

"아니, 숲에서 화염 마법을 쓰면 어쩌자고……."

자칫하면 산불로 이어질 수도 있는 일이었다.

하나 카르나크는 별거 아니란 반응이었다.

"다 알고 한 짓일걸. 설마 7서클의 종사자가 그 정도 생각도 없었으려고."

과연, 치솟은 불길은 불과 몇 초 만에 사라졌다.

정확하게 마검이 있던 위치만 새까만 재가 되었고 다른 곳은 멀쩡하다.

처음부터 마법을 시전할 때 후속 조치까지 염두에 둔 것이다.

정확한 마법의 집중과 파괴, 그리고 불필요한 힘의 낭비를 없애는 제어력까지.

흠잡을 데 없는 실력이었다.

아쉽게도 빗맞았지만.

"쳇!"

검은 연기 사이로 소녀가 날아올랐다.

딱히 부상 따윈 없어 보인다. 직격 직전에 바로 몸을 뺀 모양이다.

"아하하!"

웃음을 터트리며 소녀가 정면으로 돌진했다. 지켄이 실드를 펼치며 외쳤다.

"트리브! 해리스!"

안 그래도 두 사람은 이미 움직이고 있었다.

"헙!"

짧은 기합성과 함께 청색의 투기검이 춤을 췄다.

트리브의 푸른 검광이 연신 마검의 흑빛 기류와 충돌해 파공음을 일궜다.

그 틈에 해리스가 뒤를 노린다.

신중하게, 주위를 흐르는 모든 기운과 기류의 움직임에 집중하며 소녀에게 접근한다.

'방심은 금물이다.'

5대대의 오러 유저는 해리스와 동급인 레드 나이트였다. 그들이 그리 간단히 목숨을 잃었는데 어찌 긴장을 풀겠는가?

확실한 거리를 확보하고 난 뒤에야 차분히 붉은 투기검을 날린다.

"타앗!"

청색과 적색 그리고 흑색의 빛이 연신 얽히며 어지러운 빛

의 윤무를 그리기 시작했다.

폭음과 쇳소리가 연달아 울리고 또 울렸다.

쾅! 콰쾅! 콰콰쾅!

그렇게 마검의 움직임을 막은 뒤, 지켄과 메이리가 나선다.

지팡이를 휘두르며 지켄이 빙계 마법을 펼쳤다.

"얼어붙어라, 쏟아져 내려라, 이는 겨울을 지배하는 왕의 명령이로다!"

무수한 고드름이 생성되어 마검을 노리고 쇄도한다.

그때마다 검은 기류가 피어올라 고드름을 부수고, 눈부신 파편이 사방에 비산한다.

하나 부순다고 끝이 아니었다.

부서진 파편이 범위 내의 모든 사물에 달라붙어 얼어 갔다.

마검의 표면이 안개가 낀 듯 얼어붙으며 소녀의 움직임도 둔화되기 시작했다.

물론 이는 트리브와 해리스에게도 해당된다. 두 사람 역시 냉기로 인해 둔해지기는 마찬가지다.

하지만 이들 뒤에는 성직자가 있다.

"카테라여, 싸우는 자들에게 투쟁의 축복을 내리소서!"

신성한 빛이 둘의 냉기를 말끔히 지워 갔다.

자유로워진 트리브와 해리스가 오러를 끌어 올리며 더욱

거세게 몰아붙이기 시작했다.

"타아아앗!"

그렇게 팽팽한 전투가 이어졌다.

과연 마검 마레다는 강했다. 넷이서 쉴 새 없이 몰아쳐도 전혀 물러서지 않은 채 매서운 공세를 이어 가고 있었다.

하지만 지켄은 오히려 안도했다.

마검의 소녀는 혼자다. 반면 킹스 오더엔 아직 추가 전력이 많이 남아 있다.

'이 정도면 큰 문제는 없겠군.'

아무리 검을 휘둘러도 성과가 없으니 답답했던 걸까?

마검의 소녀가 갑자기 뒤로 한 발 뛰더니 괴상한 웃음을 터트렸다.

"꺄하하하하!"

동시에 흉흉한 안광이 번뜩였다.

두 줄기 검광이 트리브와 해리스를 노려 갔다.

하지만 결과는 달랐다.

"흥!"

"어림없다!"

둘 다 가뿐히 투기검으로 공세를 막아 낸 것이다.

아까와 달리 마검 마레다는 지켄의 냉기 마법으로 많이 느려진 상태다. 느려진 검광조차 막지 못할 정도로 두 사람이 약하진 않다.

원하는 바를 얻지 못한 소녀가 잠시 고개를 갸웃거렸다.

그리고 더더욱 소리 높여 웃기 시작했다.

"아하하하하!"

때가 되었다 싶어 지켄이 외쳤다.

"카르나크! 세라티!"

슬슬 합류하라는 신호였다.

이제까지야 손발이 맞지 않을 가능성이 있어 대기를 시켰다.

하지만 한동안 전투를 지켜보지 않았나? 둘 다 이 정도면 충분히 호흡을 맞출 수 있는 실력자들이다.

기다렸다는 듯 세라티가 오러를 떨치며 몸을 날렸다.

"네!"

그녀까지 가세하니 팽팽하던 균형이 깨졌다.

사방에서 날아드는 투기검의 공세에 마검의 소녀가 조금씩 무너지기 시작했다.

피부가 찢어지고, 핏물이 흐르고, 검은 기류가 새어 나와 사방의 공기를 물들인다.

그럼에도 그녀는 여전히 웃고 있었다.

"아하하하!"

여유가 넘쳐서라기보단, 그냥 정신이 나가서인 탓이겠지만.

카르나크도 지팡이를 쥔 채 나섰다.

"나, 부른다. 창공의 눈으로 대지를 가로질러……."

그렇게 막 주문을 준비할 때였다.

갑자기 소녀의 웃음이 뚝 그쳤다.

"……."

아니, 그친 정도가 아니었다.

소녀가 카르나크를 직시한다. 카르나크의 눈동자 위로 경악한 소녀의 얼굴이 뚜렷하게 비친다.

갑자기 그녀가 소리 높여 비명을 터트렸다.

"꺄아아아악!"

모두가 당황했다. 전혀 예상치 못한 상황이었다.

"헉!"

"뭐야?"

날카로운 비명이 연신 숲을 뒤흔들었다. 전신을 벌벌 떨며 소녀가 뒤로 물러섰다.

"아아악! 아아아악!"

그러더니, 갑자기 허공으로 몸을 날린다. 그리고 단숨에 포위망을 뛰어넘어 숲 저편으로 향한다.

명백한 도주 행위였다.

"아, 아차!"

그제야 정신을 차린 트리브가 뒤쫓으려 했지만 이미 타이밍이 늦었다.

마검 마레다는 어느새 숲 저편으로 사라져 완전히 모습을 감춘 뒤였다.

남은 이들은 그저 멍하니 숲 저편만을 바라볼 뿐.

"……."

황당해하는 표정으로 지켄이 물었다.

"자네 대체 뭘 한 건가, 카르나크 경?"

모든 시선이 약속이라도 한 듯 한 사내에게로 모였다.

다들 말은 없지만 격렬하게 해명을 요구하는 표정들이었다.

"왜들 그러는 겁니까?"

카르나크는 인상을 썼다.

"여러분이 보기에는 제가 뭘 한 것 같습니까?"

머쓱해하며 지켄이 시선을 거뒀다.

"그, 그건 아니지."

정말로 카르나크는 한 게 없다. 심지어 주문도 외우다 말았다.

"워낙 상황이 황당해서 해 본 소리일세."

트리브와 해리스도 한마디씩 했다.

"그냥 우연이 아닐까요?"

"어쩌다 카르나크 경이 합류할 때 타이밍이 맞았을 뿐인 듯합니다."

의심은 금방 풀렸다. 실제로 의심할 이유가 없었으니까.

물론 이는 어디까지나 사정 모르는 사람들의 이야기이고,

바로스와 세라티는 집요하게 의심 중이었지만.

[자, 자! 도련님.]

[사실대로 불어요.]

[무슨 짓 하신 겁니까?]

[그런 수법이 있었으면 저희한테는 미리 언급을 해 주셨어야죠?]

발끈하며 카르나크가 항변했다.

[아니, 나 진짜로 아무 짓도 안 했다니까!]

그런데, 항변하는 것치곤 또 그렇게 억울해하는 표정까진 아니었다.

솔직히 카르나크 본인도 영 찜찜하긴 하거든.

정체불명의 마검이 왕년의 사령왕을 보자마자 놀라 달아나 버렸다? 이걸 그냥 우연이라고 넘기기에는 좀 무리가 아닐까?

'아, 씨, 내가 뭘 했지? 내가 봐도 좀 수상하긴 한데.'

마검의 소녀는 도망쳤다. 그것도 포위망 제대로 펼치고 있었는데 허무하게 놓쳐 버렸다.

하지만 지켄은 킹스 오더 대원들을 탓하지 않았다.

누굴 탓할 자격이 없는 것이다. 본인도 완전히 허를 찔려

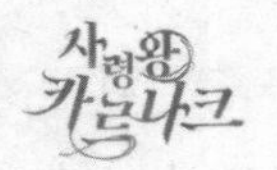

버렸는데?

"거참, 설마 도망칠 거라곤 생각도 못 했거늘……."

애초에 마검 같은 귀물에 도주라는 개념이 존재하는 것이 더 신기하다.

저런 타입의 마검은 숙주를 광전사로 만든다.

불리하다고 도망? 처음부터 불리하다는 인식 자체가 생길 수 없다.

아첸바트 시티에서야 힘이 부칠 때까지 살육을 저지르다 도망쳤다고 하는데, 이는 사실 충분히 살육을 해서 만족하고 쉬러 갔다는 쪽이 진실이다.

보고서에만 저렇게 써 놓은 것뿐이지.

어쨌거나 이리되었으니 다시 마검을 추적해야 한다. 메이리 신관과 밀리아 신관이 나섰다.

평소처럼 어둠의 흔적을 감지하며 숲을 나아가던 중이었다.

"어머?"

문득 메이리의 표정이 어두워졌다. 지켄이 물었다.

"왜 그러지?"

"패턴이 변했어요."

마검이 더 이상 대놓고 어둠을 흘리면서 다니질 않았다. 중간에 흔적이 뚝뚝 끊기는 것이다.

심지어 흔적과 흔적 사이의 거리가 점점 더 멀어진다.

1시간쯤 더 숲을 헤맨 뒤, 한숨을 쉬며 메이리가 두 손을 들었다.

"놓쳤습니다. 완전히 흔적이 사라졌어요."

난처해하며 해리스가 물었다.

"이제 어쩌죠, 지켄 대장?"

한참을 더 추적했지만 마검의 흔적은 도저히 찾을 수 없었다.

서서히 해가 저물어 간다. 숲 곳곳에 그림자가 짙게 드리워지며 수풀과 나무가 어둠 속으로 모습을 감춘다.

지켄은 결정을 내렸다.

"일단 물러나서 다시 대책을 강구하는 게 낫겠군."

숙영 장비를 챙겨 오긴 했지만 목표물을 놓쳤으니 굳이 숲 속에서 야영할 이유가 없었다.

게다가 마검 마레다의 위치를 파악하지 못하는 지금은 역습의 가능성도 고려해야 했다.

"이런 상황에선 안전한 곳에서 재정비를 하는 쪽이 옳은 판단이겠지."

현 위치에서 가장 가까운 도시는 아첸바트 시티.

1대대와 7대대는 숲을 벗어나 그곳으로 향했다.

양 대대 합쳐 40여 명의 대인원이지만 숙소를 구하는 것은 별문제가 없었다.

마검 마레다가 날뛰고 있는 탓에 인근 상행들이 일시 멈춘 상태였다. 아첸바트의 여관들 역시 손님이 거의 없어 충분히 킹스 오더 전원이 묵을 장소를 마련할 수 있었다.

"그럼 오늘 밤은 적당히 자유롭게 쉬도록. 과하지만 않으면 음주도 허용하겠다."

어차피 마검 추적은 처음부터 다시 시작해야 한다.

한동안 강행군을 해야 할 테니 오늘은 풀어 주는 것이 좋을 터였다.

해산 명령이 떨어지자 대원들은 뿔뿔이 흩어졌다.

카르나크 일행도 각자의 숙소로 올라갔다.

평소처럼 카르나크와 바로스, 세라티와 밀리아가 같은 방을 쓰게 되었다.

내내 마검을 추적하느라 지친 밀리아는 이내 곯아떨어졌고, 딱히 한 게 없어 피곤할 것도 없는 세라티는 짐만 풀고 카르나크의 방으로 향했다.

방에 들어서니, 카르나크와 바로스는 여전히 아까의 사태에 대해 고민하고 있었다.

"대체 무슨 일일까요, 도련님? 정말 우연인 건 아니겠죠?"

"모르겠다. 우연이라기엔 내가 지은 죄가 좀 많아서."

침대에 걸터앉으며 세라티도 대화에 끼었다.

"전혀 짐작 가시는 부분이 없나요, 카르나크 님?"

바로스가 대신 대답했다.

"솔직히 없지는 않죠."

옛 격언에 이르길, 그대가 심연을 쳐다보면 심연도 그대를 쳐다본다 하지 않았던가.

"마검에 깃든 악령이 도련님을 보고 발작한 거 아닐까요?"

"그러니까 내가 왜 심연이냐고!"

억울해하며 카르나크가 눈을 흘겼다.

하지만 마냥 무시하기엔 스스로도 께름칙한 구석이 적지 않았다.

"……나, 심연 맞나?"

사실 아주 근거가 없는 이론도 아니긴 했다.

마검이란 무엇인가?

사악한 영혼이 깃들여 숙주를 현혹해 온갖 기이한 현상들을 일으키는, 쉽게 말해서 귀신 들린 검이다.

그것도 아주 상태가 안 좋은 귀신이 들린 검이지.

귀신이 귀신의 왕을 보고 공포에 질렸다?

"이렇게 보면 또 말이 되는 것 같기도 하고……."

중얼거리던 카르나크가 고개를 저었다.

"아냐, 그래도 좀 이상해."

지금의 그는 왕년의 사령왕이 아니다.

"상대가 왕인 줄 알아야 공포에 질리건 말건 할 거 아냐?"

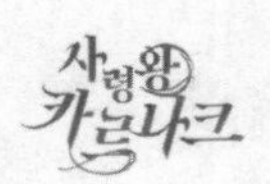

아무리 희대의 폭군이라 해도, 가진 것 다 잃고 허름한 옷차림으로 저잣거리 배회하고 있는데 마주하자마자 공포에 질릴 리는 없지 않은가?

"마검에 깃든 악령이 시공을 넘어 내 과거까지 꿰뚫어 본다면 그게 오히려 더 이상한 일이지."

한참 고민하던 카르나크는 신경질적으로 머리를 긁었다.

"에잉, 모르겠다."

현재로선 정보가 너무 적다. 마검을 붙잡아 연구해 보기 전엔 답이 나오지 않는다.

"배고프다. 밥이나 먹자."

기다렸다는 듯 바로스가 입을 열었다.

"가시죠. 여관 근처에 쓸 만한 술집을 알아 뒀습니다. 여관 주인이 추천하더라고요."

"맛있대?"

"양고기 요리 잘한대요. 특제 소스가 예술이라고, 꼭 먹어 보라던데요?"

"오, 가 보자."

언제 고민했냐는 듯 카르나크와 바로스가 입맛을 쩝쩝 다셨다.

지켜보던 세라티가 어이없어하며 말했다.

"두 분 다 여전히 밥이 우선이시네요."

하긴, 이들이 시간을 되돌린 이유를 생각하면 충분히 이해는 가지만.

"그래서, 세라티는 안 갈 거야?"

물론 그녀라고 맛있는 거 마다할 생각은 절대 없다.

"당연히 가야죠."

자리에서 일어나며 카르나크가 씩 웃었다.

"그럼 먹으면서 마저 고민하자고. 이게 다 먹고살자고 하는 짓 아니겠어?"

모두가 사용하는 관용구이지만, 지금의 그에겐 이보다 더 명쾌한 지상 과제도 없으리라.

여관들이 대체로 썰렁한 분위기인 것과는 달리 저녁 시간이 된 술집은 꽤나 붐볐다.

여관이야 외지인이 묵는 곳이지만 술집은 현지인들이 주로 다닌다. 그리고 아무리 마검 마레다라 할지라도 이런 시내에까지 출몰하진 않는다.

들어올 능력이 없어서가 아니라, 들어올 이유가 없어서였다.

마검은 막 겨울잠에서 깨어난 흉포한 곰과 같다. 그 영혼은 항상 굶주려 있으며 결코 채워지지 않는다.

그런 마검이 눈앞의 인간을 놔두고 그냥 지나가는 일은 있을 수 없다. 시내까지 들어오기도 전에 이미 도시 외곽에서 마구 날뛰게 마련이다.

실제로 마검 마레다가 출몰했던 장소는 아첸바트 시티 성벽 근처였다. 그곳에서 살육을 행하다 그냥 떠나 버렸다.

시내는 안전하니 다들 부담 없이 돌아다니는 것이다.

덕분에 킹스 오더 역시 삼삼오오 흩어져 휴식을 만끽하고 있었다. 7대대 소속의 월러스와 버릭 역시 마찬가지였다.

자리를 잡고 앉아 검은딸기 브랜디를 마시며 조용히 대화를 나눈다.

"대체 무슨 일이었을까?"

"모르지만, 이상할 것도 없지."

갑작스러운 마검의 도주는 이들에게도 물론 당혹스러운 것이었다.

하지만 1대대만큼은 아니다. 7대대는 이전부터 카르나크의 기행을 익히 봐 왔으니까.

"우리 대장이야 워낙 신비한 사람이잖나?"

"바로스 경도 참 신기한 인간이고. 오러 유저도 아닌데 어떻게 그렇게 강하지?"

"내 말이. 별로 빠르지도 않은 것 같은데, 정신 차리고 보면 어느새 제압당해 있더라고."

주머니 속의 송곳은 결국 드러나기 마련이다.

카르나크와 바로스도 나름대로 조심하긴 했지만 7대대원

들 대부분이 크건 작건 위화감을 느끼고 있었다.

별로 신기할 게 없는 건 세라티 정도?

그 정도면 적당히 상식적인 오러 유저였다.

저런 미녀가 오러 유저가 되었다는 게 대단하긴 하지만, 이해 못 할 일도 아니고.

하지만 그녀도 다른 의미에선 좀 이상하다.

"그 인간들 좀 웃긴 것 알아?"

"뭐가?"

"갑자기 입 다물고 자기들끼리 눈싸움 엄청 하는 거 말이야."

"아, 나도 그거 봤어. 대체 뭐 하는 짓인지, 원."

그렇게 둘은 신나게 술을 마시고 안주로 배를 채웠다.

내일부턴 다시 위험한 추적에 나서야 한다. 안심하고 마실 시간은 지금뿐이다.

"꽤 마셨군."

"슬슬 돌아갈까?"

"하긴, 내일도 움직여야 하니 이 정도로 끝내지."

적당히 알딸딸한 상태에서 윌러스와 버릭은 술집을 나섰다.

늦가을의 칼바람이 모서리를 돌아 피부를 스쳐 지나간다.

골목을 벗어나자 문 닫은 시장이 나온다. 이미 상인들은 전부 철수해 인적이 전혀 느껴지지 않는 곳이다.

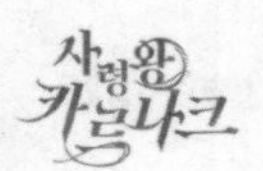

그곳에 그녀가 서 있었다.

더럽게 엉겨 붙은 잿빛 머리칼의 작은 소녀, 그리고 상대적으로 더욱 거대해 보이는 기이한 형태의 양수검.

버릭이 멍한 표정을 지었다.

"……어?"

익숙한 얼굴이었고 검이었다. 바로 오늘 오전에 본 얼굴이니 익숙하지 않을 수 없었다.

하지만 이해가 가지 않는다.

아무런 난동도 일어나지 않았다. 아무런 비명도 들리지 않았다.

그런데 어떻게 이 도시 한복판에, 저것이 있단 말인가?

마검을 쥔 소녀의 입가에 맺힌 미소가 더욱 짙어진다.

키득…….

흐릿한 비웃음이 두 줄기 비명으로 이어졌다.

깊은 밤거리, 달빛조차 흐릿한 길가에 서서 지켄은 탄식을 터트렸다.

"맙소사……."

트리브와 해리스도 굳은 어조로 뇌까렸다.

"대체 어떻게……."

"도시 한복판에서 이런 일이……."

3~4시간 전쯤의 일이었다.

밤이 깊었으니 잠자리에 들기 전 평소처럼 인원 점검을 시행했다.

1대대는 전원 숙소로 돌아왔는데 7대대에서 2명이 비었다.

7대대 입장에선 참으로 부끄러운 일이다. 특히나 수뇌부인 세라티 입장에선 더욱 그랬다.

"보나 마나 술 너무 먹고 헤롱거리고 있겠죠!"

참고로 카르나크와 바로스는 별생각 없었다. 둘 다 워낙 부끄러움을 모르는 인간들이니까.

하지만 세라티는 충분히 상식적인 감각을 지니고 있었으니, 당연히 발끈하며 바로 찾아 나섰다.

그리고 발견한 것이다.

길거리 한복판에 쓰러진, 말라비틀어진 월러스와 버릭의 시체를.

다들 놀란 표정으로 시체를 내려다보고 있었다. 심지어 카르나크조차도.

'어, 이건 나도 좀 충격인데?'

성직자 메이리와 밀리아가 시체를 자세히 살폈다.

"시체의 정혈이 모조리 빨려 나갔습니다."

"마검 마레다의 피해자와 일치해요."

이해할 수 없다는 듯 지켄이 물었다.

“마검이 도시 한복판에 나타났다고?”

그것도 이상한 일이지만, 더 이상한 일은 이쪽이다.

“그런데도 둘 다 아무것도 느끼지 못했단 말인가?”

킹스 오더의 숙소와 시체가 발견된 곳은 한 블록 정도밖에 떨어져 있지 않았다.

마검이 어둠의 권능을 썼다면 성직자인 이들이 감지하지 못할 리 없는 것이다.

어깨를 움츠리며 두 신관이 자신 없는 목소리로 대답했다.

“모르겠습니다…….”

“저, 전 자고 있어서…….”

마냥 이들을 탓할 수만도 없었다.

주위가 지나치게 깨끗했다. 사기나 탁기 같은 어둠이 발현된 흔적이 전혀 느껴지지 않았다.

이러니 아무것도 감지하지 못할 수밖에.

[나도 아무것도 못 느꼈어.]

[도련님도요?]

이해가 안 간다며 바로스가 캐물었다.

[아니, 사령술이 관련되었는데 도련님이 못 느낄 수가 있어요?]

[그래서 말했잖아, 나도 좀 충격이라고.]

황당한 일이었다.

마검이 힘을 썼다면 그 흔적이 남지 않을 수 없다.

그렇다고 힘을 쓰지 않았다면, 월러스와 버릭은 왜 당했단 말인가?

"반대로 묻지."

뭔가 생각하던 지켄이 두 성직자에게 물었다.

"어떤 상황이어야, 이 둘이 살해당하고도 자네들이 아무것도 감지하지 못할 것 같은가?"

메이리와 밀리아가 서로를 바라보았다.

"예?"

"아, 그것이……."

이런 경우는 이들도 미처 생각해 보지 못한 것이다.

한참을 고민한 끝에 메이리가 먼저 대답했다.

"이런 경우라면 가능할 것 같습니다."

사령술과 무관한 누군가가 따로 월러스와 버릭을 제압해 죽인다. 그리고 마검 마레다는 저들의 시체에서 정혈만을 빨아먹는다.

"이러면 아무것도 감지할 수 없겠죠. 정혈을 흡수하는 과정은 체내에서 일어나는 행위라 외부로 퍼져 나가지 않으니까요."

밀리아도 나름대로 답을 내놓았다.

"이런 경우도 가능하긴 해요."

애초에 월러스와 버릭이 살해당한 장소가 이곳이 아니면

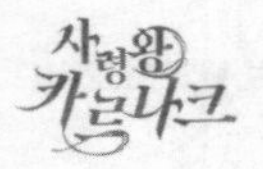

된다.

"저희가 감지할 수 없을 만큼 먼 곳에서 살해된 뒤, 정혈이 빨린 시체만 이곳으로 옮겨 놓았다면 아무것도 못 느꼈겠지요."

지켄의 안색이 더더욱 굳어져 갔다.

"양쪽 모두 한 가지 결론으로 이어지는군."

조력자가 있다.

이는 마검 마레다의 행동을 뒤에서 돕거나, 혹은 마검의 움직임을 제어할 능력이 있는 제3의 인물이 따로 존재해야 가능한 이야기다.

"마검이 스스로 저런 판단을 내리진 못할 테니까 말이지."

이쯤 되면 제일 의심 가는 놈들은 정해져 있다.

"역시 검은 신의 교단인가?"

지켄의 말에 카르나크가 눈을 가늘게 떴다.

[그건 좀 아닌 것 같은데.]

[왜요?]

세라티의 질문에 그가 두 성직자를 힐끔 가리켰다.

[사교도 놈들이 힘을 썼으면 나는 알아챘겠지. 쟤들이야 못 느낄 수 있어도.]

[사교도이지만 사령술은 안 썼을 수도 있잖아요?]

[그 정도 인재가 사교단에 있겠냐?]

월러스와 버릭은 킹스 오더의 일원, 선별된 정예 중의 정예였다. 그런 이들을 사령술 없이 처리할 만큼의 강자가 굳이 검은 신의 교단에 몸을 담을까?

세라티는 그럴 수도 있다는 반응이었다.

[믿음이란 게 꼭 실리만 따져서 생기는 건 아니니까요.]

[그건 또 맞는 말이군.]

카르나크가 고개를 갸웃거렸다.

[그러고 보면 진짜로 사교단 놈들이 개입했을지도 모르겠는데?]

[왜 갑자기 태도가 바뀌셨어요?]

[또 내가 모르는 수법이잖아, 이거.]

말라비틀어진 시체를 내려다보며 카르나크는 인상을 썼다.

[회귀한 이래 내가 모르는 사령술은 죄다 그놈들 관련된 것뿐이더라고.]

지켄은 흩어져 있던 1대대와 7대대를 모두 한 여관으로 모았다. 밤새 마검 마레다의 습격이 또 있을지 모르는 것이다.

그리고 불침번까진 세워 가며 경계 태세를 갖췄다.

도시 한복판의 여관에서 불침번이라니, 어이없는 이야기지만 불만을 가진 이는 없었다.

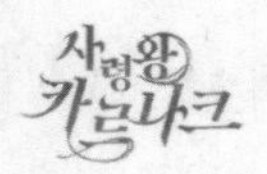

당장 동료가 둘이나 죽어 나갔는데?

뭐, 대부분 뜬눈으로 밤을 새우거나 선잠을 잘 뿐이라 불침번이 필요했을지도 의문이긴 했지만.

그렇게 킹스 오더 전원이 긴장하며 밤을 보냈다.

하지만, 아침 해가 떠오를 때까지 마검은 다시 나타나지 않았다.

여관 2층의 작은 방.

1대대와 7대대의 수뇌부가 모여 앞으로의 일을 의논하고 있었다.

지켄을 돌아보며 해리스가 물었다.

"이제 어쩌죠, 대장?"

원래는 이곳, 아첸바트 시티에서 대기하고 있다가 다시 마검의 피해자가 나오면 그쪽을 중점으로 추적을 재개할 생각이었다.

이미 흔적을 놓쳤으니 어쩔 수 없었다.

아무 근거도 없이 무턱대고 광야를 배회할 순 없지 않은가?

어차피 마검 마레다는 이 일대의 마을을 계속 습격하고 다녔으니 금방 다시 찾을 수 있을 거라 여긴 것이다.

그런데 놈이 도시 한복판에 나타나 버렸다. 전제 조건부터 가 달라진 셈이다.

트리브가 인상을 썼다.

“골치 아프군. 평범한 수배자를 추적하는 것과는 이야기가 다르니 말일세.”

상대가 사교도인 경우는 추적 방법이 어느 정도 정해져 있었다.

인간인 이상 의식주의 한계에서 벗어날 수 없으니 어느 정도 수색 범위를 한정하는 것이 가능했다.

그러나 마검은 인간의 정혈을 빨아먹어 숙주에게 에너지를 공급한다. 따로 식사를 할 필요가 없단 소리다.

게다가 숙주의 건강 따위 신경 쓰지 않으니 지붕 아래에서 잠을 자거나 좋은 옷을 입힐 필요도 없다.

불의 여신 카테라의 성직자, 메이리도 혀를 찼다.

“상대는 식인 괴물이니까요. 기존의 수색 방법을 쓸 순 없겠죠.”

옆에서 듣고 있던 카르나크가 문득 투덜댔다.

[괴물인 건 맞지만, 식인을 하는 건 아닌데.]

세라티가 의아해했다.

[식인 맞잖아요?]

[인간의 정혈을 빨아먹는 건 그냥 영양 흡수 개념이지. 이걸 식인이라고 하면 어미 배 속의 태아도 탯줄을 통해 식인

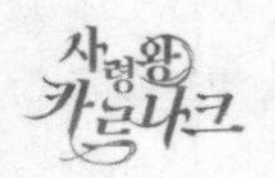

을 하는 것이게?]

[이상하게 방어적으로 구시네요. 왜 그러세요?]

[아, 그게, 음…….]

갑자기 카르나크가 딴청을 피웠다.

바로스가 쓴웃음을 지으며 끼어들었다.

[본인이 예전에 많이 드시던 거라 그렇죠, 뭐.]

놀란 세라티가 카르나크를 노려보았다.

[설마 식인도 했어요?]

[식인 아니라니까!]

인간의 정혈을 흡수하는 건 그냥 사악한 괴물이지만, 식인을 즐기는 건 사악한 변태 괴물이다. 변태 괴물보단 그냥 괴물이 차라리 낫지.

[그래도, 식인귀 소리 듣기 싫어하시는 걸 보면 많이 사람되긴 하셨네요.]

바로스의 말에 카르나크가 고개를 갸웃거렸다.

[……그런가?]

하여튼 상대가 식인 괴물인 이상 그에 걸맞은 대책을 세워야 한다.

고민하던 지켄이 입을 열었다.

"결국 문제는 한 가지군. 마검 마레다가 킹스 오더를 의도적으로 노리고 있는 것인가."

만약 노리고 있는 것이라면?

"굳이 아첸바트 시티를 떠날 필요는 없다. 충분히 대비를 갖추고 습격해 오는 마검을 맞이하면 된다."

단순한 우연일 뿐이었다면?

"마검이 다시 인근 마을을 습격하겠지. 그때 가서 원래 계획대로 추적해도 될 일이다."

지켄의 결론에 모두 동의했다.

어느 쪽이 되었건 킹스 오더가 해야 할 일은 달라지지 않는 것이다.

"그렇다면 이런 여관이 아니라 다른 장소를 물색해야겠군요."

카르나크가 창밖을 내려다보며 말을 이었다.

"제대로 외부의 기습에 대응할 수 있고, 휴식과 정비가 용이한 도시 속의 요새가 필요합니다."

얼핏 까다로워 보이는 저 조건은 의외로 쉽게 해결되었다.

그냥 아첸바트 시티에서 제일 큰 저택 하나를 통째로 징발한 것이다.

킹스 오더 1대대와 7대대 전원을 수용하고도 남을 만큼 웅장한 곳이라, 건물을 본 바로스가 걱정을 다 할 정도였다.

"이래도 돼요? 이런 저택의 소유자라면 상당히 힘 있는 가

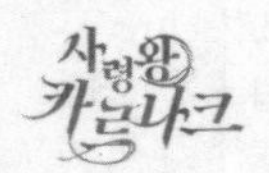

문일 텐데. 말 나오는 거 아닌가?"

세라티가 어깨를 으쓱였다.

"아무 문제 없다더라고요."

"정말요?"

"네. 지켄 대장 사촌 집이라던데요?"

"아, 과연."

킹스 오더 각 대장의 조건은 고위 마법사일 것 외에도 하나 더 있다.

바로 어딜 가도 끗발이 먹힐 혈통 좋은 귀족일 것.

지켄 대장 역시 7서클의 고위 마법사이지만 태생은 후작가의 차남이었다.

본인이 가문에 관심이 없어 마법사 노릇을 하고 있는 것이지, 혈통만 보면 시골 귀족인 카르나크는 감히 쳐다보지도 못하는 수준이다.

물론 지금은 카르나크도 로이드 왕자의 인장 덕분에 끗발은 지켄 못지않지만.

"그것이 아니더라도 별문제는 없을걸요. 현재 아첸바트 시티는 킹스 오더에 전적으로 협조하고 있으니까요."

마검 마레다가 날뛰는 바람에 도시를 오가는 상행이 크게 둔화되었다.

경제적으로 타격이 크니 아첸바트 입장에서도 어서 이 사건이 해결되는 것이 최선이다.

덕분에 킹스 오더는 넉넉하다 못해 푸짐할 정도의 지원을 받고 있었다.

저택뿐 아니라 식료품 등도 모두 최고의 것을 제공받았다.

솜씨 좋은 대장장이들을 보내 주어 무장의 정비 역시 문제없이 해결됐다.

현지 귀족들이 신뢰할 만한 하인들을 보내 주어 잡일에서도 해방되었다.

킹스 오더 대원들은 그저 저택에 머무르며 최상의 상태를 유지하기만 하면 되는 것이다.

딱히 갇혀 있다는 느낌도 없었다.

좋은 집에서 좋은 시중 받아 가며 좋은 밥 먹고 좋은 침대에서 자는 생활 아닌가? 이보다 더한 휴가도 사실 없다.

그동안 워낙 밖으로만 나돌았으니 이 기회에 대원들도 미진했던 훈련에 열중했다.

그저 카르나크 일행만 조금 찜찜해했을 뿐이다.

"기껏 밀린 휴가 다 썼는데, 또 휴가 받은 느낌이네요."

"그러게요. 우린 그동안 몸 충분히 풀었는데."

저택에서 머문 지 사흘째인데 상황에 영 변화가 없다.

습격이 있는 것도 아니고, 그렇다고 다른 소식이 들려오지도 않는다.

빈둥대는 세라티와 바로스를 보며 카르나크가 턱짓을 했다.

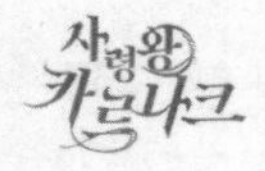

"밥이나 먹자. 먹는 게 남는 거라더라."

"좋죠! 마침 좋은 사슴 고기가 들어왔다던데요."

신난 두 사내가 식당으로 어기적어기적 걸어간다.

한숨을 쉬며 세라티도 뒤를 따랐다.

"아, 이러다 살찌겠네."

갓 화덕에서 나온 부드러운 빵에 버터를 듬뿍 발라 입안 가득 쑤셔 넣는다. 그리고 진한 에일을 들이켠다.

행복한 표정으로 카르나크는 입을 오물거렸다.

"아, 맛있다. 냠냠."

임무 수행 중엔 절대 먹을 수 없는 호사스러운 음식이었다.

버터나 빵이 비싸다는 소리는 아니고, 화덕에서 갓 나왔다는 부분이 사치다. 들판엔 화덕 따위 없으니까.

양념을 발라 구운 사슴 다리에서 고기 조각을 잘라 접시에 담아 주며 바로스가 물었다.

"오늘 일정이 어떻게 됩니까, 도련님?"

"평소랑 똑같지, 뭘."

내내 대기하면서 적당히 훈련하고 몸 풀고 만일의 사태를 대비해 긴장을 늦추지 않는 것 정도?

세라티가 창밖을 힐끔거렸다.

"하긴, 해 떠 있을 땐 별일 없을 테니 밤에만 신경 쓰면 되겠네요."

사기와 탁기는 태양 빛 아래에서 권능이 크게 약화되는 법, 어둠의 힘을 쓰는 놈들은 절대 낮에 움직이지 않는다.

"그래도 방심은 하지 말고."

고기 조각을 포크로 집어 들며 카르나크가 말을 이었다.

"마검 마레다는 낮에 움직이지 않겠지만, 사교도들은 습격할지도 모르잖아."

"에이, 그 경우라면 마검의 행위인 척 위장해야 하잖아요. 그럴 가능성은 거의 없……."

막 바로스가 손을 저을 때였다.

갑자기 식당 건물 저편에서 대폭발이 일어나며 저택이 뒤흔들렸다.

콰아아아앙!

고기를 입에 문 채 바로스가 멍한 표정을 지었다.

"……어?"

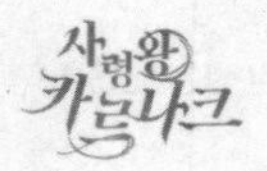

피를 마시는 검

저택 뒤뜰의 임시 연무장.

킹스 오더 7대대의 비번들이 모여 밀린 훈련을 하고 있던 그곳에 자욱한 폭연이 맴돌고 있었다.

방금 담벼락을 부순 폭발로 인한 연기였다.

10명 정도의 검사와 마법사가 진형을 갖추며 전투태세로 돌입한다.

"다들 주위를 경계해!"

"목표를 확인해라!"

연기 사이로 그림자가 빠르게 움직인다.

무너진 담장을 넘어 연무장 가장자리를 돌며 움직이는 잿빛 머리의 소녀였다.

그녀가 쥔 양수검을 본 대원들의 안색이 굳었다.

"놈이군."

"정말 마검 마레다라고?"

대원 중 하나가 어이없어하며 하늘을 올려다보았다.

"……벌건 대낮인데?"

사교단을 전문으로 상대하는 기관, 킹스 오더의 일원답게 다들 마검 같은 어둠의 괴물이 어떤 특성을 가지고 있는지 잘 안다.

마검 마레다가 태양 아래 나타나 좋을 건 전혀 없다. 그냥 지닌 힘만 크게 약화될 뿐이다.

'그런데 왜?'

상식 밖의 일이 터졌다는 건 좋아할 일이 아니다. 다들 혼란스러워하며 한껏 긴장했다.

'혹시 우리가 뭘 착각하고 있나?'

'설마 저 마검은 해가 떠 있어도 힘을 잃지 않는 건가!'

그때였다.

마검의 소녀가 검을 크게 휘둘렀다.

칼끝에서 시뻘건 어둠의 기운이 쏟아져 채찍처럼 연무장 곳곳을 갈겨 댔다.

쾅! 콰광! 콰콰쾅!

공세를 무난히 피해 내며 7대대원들이 의아해했다.

"……아닌데?"

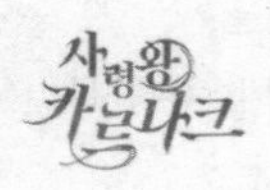

"약해진 거 맞잖아?"

위력이 크게 줄었다. 적색급 오러 유저 정도면 충분히 감당할 수 있는 수준이었다.

물론 그렇다고 7대대원들이 안심할 수 있다는 의미는 아니다. 지금 이 자리에 오러 유저는 없으니까.

트리브와 해리스는 둘 다 어젯밤을 새운 탓에 오침 중이다.

"세라티 경은?"

"식사 중."

"금방 오시겠군."

다들 신중하게 마검의 소녀를 상대하기 시작했다.

무리해서 쓰러뜨릴 필요는 없었다. 차분히 발을 묶기만 하면 될 일이었다.

물론 원래의 마검은 그조차도 불가능할 정도로 엄청난 위력을 지니고 있었지만…….

'뭐지?'

'버틸 만한데?'

수십 차례나 검과 검이 부딪치며 공방이 오갔다. 대원들의 표정이 묘해졌다.

'역시 약해졌어!'

일격에 사람과 무기를 통째로 베어 가던 그 무식한 괴력이 크게 줄었다.

부딪치면 밀리는 건 그대로지만, 그래도 예전처럼 압도적이진 않다.

하지만, 그렇다고 마검이 만만해졌냐 하면 그것도 아니었다.

'그런데 이거…….'

'다른 의미로 강해졌잖아?'

분명 괴력이나 어둠의 기운은 크게 약해졌다. 그런데 움직임 자체는 지금이 월등히 뛰어난 것이다.

찌르고, 거두고, 파고들고, 거리를 유지하며, 효율적인 움직임을 이어 가는데, 도저히 틈을 찾을 수가 없다.

"크윽!"

"이, 이게 무슨?"

대원들은 당황했다.

맹수처럼 단순하게, 본능적으로만 움직이던 소녀가 지금은 무슨 검의 달인처럼 세련되고 정교한 검술을 펼치고 있었다.

게다가 평소처럼 기이한 비웃음을 흘리지도 않는다.

시종일관 차분하게, 무표정한 시선을 유지할 뿐.

"……."

잿빛 머리의 소녀가 사나운 표범처럼 연무장을 누빈다. 그때마다 섬뜩한 검광이 허공을 수놓는다.

"크윽!"

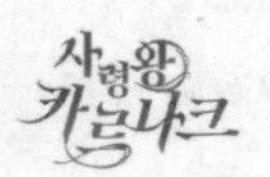

"헉, 허억!"

그래도 대원들은 힘겹게 버텨 냈다. 용케 쓰러진 사람도 없었다.

마검의 위력이 크게 약해진 탓도 있지만, 그보다는 소녀의 움직임이 뭔가 이상했다.

'아까부터…….'

'저 친구만 노리고 있는 것 같은데?'

날렵하게 치고 빠지며 오로지 1명만을 쫓아다닌다. 마치 그가 부모의 원수라도 되듯이.

다른 대원들에겐 전혀 관심이 없어 보이는 움직임이었다.

당사자인 7대대원, 레판 역시 그 사실을 모르지 않았다.

"뭐야? 왜 아까부터 나한테만 이러는 건데?"

살짝 억울한 느낌도 들지만, 이건 오히려 기회다.

"어이! 난 도망 다닐 테니 뒤에서 엄호!"

다들 바로 알아듣고 대형을 바꿨다.

레판은 사정없이 도망만 다니고, 다른 7대대원들은 열심히 마검의 진로만 막아선다.

물론 이렇게 하면 절대 마검의 소녀를 쓰러뜨리진 못할 것이다.

하지만 무슨 상관인가? 어차피 쓰러뜨릴 이는 따로 있는데.

저 멀리서 날카로운 소리가 들려왔다. 7대대의 오러 유저 세라티였다.

"다들 무사한가요?"

붉은 오러를 전신에 두른 채, 그녀는 한걸음에 10여 미터씩 거리를 죽죽 좁히며 달려오고 있었다.

그녀를 발견한 마검의 소녀가 잠시 흠칫거렸다.

"……."

갑자기 소녀의 피부 곳곳이 찢어지며 피를 흘리기 시작했다.

흘린 피가 칠흑의 기운으로 변해 태양 빛을 가리는 그림자 갑옷이 되어 그녀를 감쌌다.

뒤이어 마검을 높이 쳐들어 땅에 내리꽂는다.

콰아아아앙!

엄청난 폭발이 일었다. 아까 저택의 담장을 무너트린 그 폭발이었다.

사방에 흙먼지가 피어올랐다. 그 사이로 소녀가 몸을 날렸다.

방향은 저택 바깥쪽, 명백한 도주였다.

"또 도망을 쳐?"

이를 악물며 세라티도 속도를 높였다.

하지만 마검의 소녀가 더 빨랐다.

순식간에 거리로 빠져나가 건물의 지붕을 뛰어넘어 모습을 감춘다.

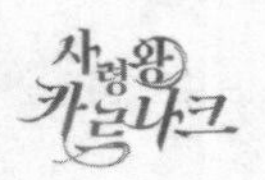

세라티도 쫓아갔지만, 그녀가 지붕 위로 올랐을 땐 이미 시야에서 사라진 후였다.

"이런, 놓쳤나……."

아첸바트 시티의 정경을 내려다보며 세라티는 인상을 썼다.

"이렇게 쉽게 도주할 거면 애초에 왜 온 거야?"

오침 중이던 트리브와 해리스, 지켄이 뒤늦게 달려왔다.

보고를 들은 트리브와 해리스가 연달아 의문을 표했다.

"마검이 공격해 왔다고?"

"대낮에요?"

"그리고 그냥 갔어?"

"아무도 안 죽이고요?"

지켄이 턱을 매만지며 고민에 빠졌다.

"정말 마검 마레다에게 지성이 있는 건가?"

놈의 행동은 명백히 이성적이었다.

낮에는 움직이지 않을 것이란 이쪽의 착각을 이용해 허점을 노렸고, 저택 주변의 다른 인간들은 무시하고 킹스 오더만을 공격했으며, 상황이 불리해지자 미련 없이 후퇴했다.

"생각이 없는 존재라면 절대 이런 식으로 행동할 수 없어.”

해리스가 고개를 저었다.

“그렇다고 보기에도 좀 이상하지 않습니까?”

마검의 행동이 현명했냐 하면 그건 또 아니다.

무작정 쳐들어와서, 무턱대고 날뛰다가, 선불 맞은 노루처럼 도망간 것이 전부 아닌가?

“생각이 있는 놈이면 이런 식으로는 움직이지 않을 것 같은데요.”

지켄이 한탄하듯 뇌까렸다.

“이놈은 대체 생각이 있는 거야, 없는 거야?”

뭐랄까, 입 밖으로 내고 보니 자식 구박하는 전형적인 부모의 말투처럼 되어 버렸지만 적어도 한 가지 확실해진 점은 있다.

“마검이 킹스 오더를 노리고 있다는 건 확실하군. 이유는 아직 모르겠지만.”

그럼 이제 어찌해야 할까?

고민해 봤지만 딱히 떠오르는 생각이 없었다.

킹스 오더가 창설된 지 얼마 안 된 조직이다 보니 이런 상황 자체가 처음이었다. 선례를 찾을 수 없는 것이다.

혹시나 싶어 지켄이 카르나크를 돌아보았다.

“뭔가 방법이 없겠나?”

마치 ‘마법’처럼 사교단을 척척 색출해 내는 카르나크의 능력은 킹스 오더 내에서도 명성이 자자하다.

하나 카르나크는 고개를 저었다.

"저는 그저 운이 따랐을 뿐입니다. 지켄 대장님이 모르는 걸 제가 어찌 알겠습니까?"

"지금은 겸손을 보일 때가 아니네만."

"겸손이 아니라, 진짜로 짐작 가는 바가 없어서 그러는 건데요."

거짓말이 아니었다.

그의 '추리'라 봐야 그냥 눈으로 확인하고 그럴싸하게 덧붙이는 게 전부 아닌가?

'지금은 정말로 아는 게 없지.'

쓴웃음을 짓다 말고 카르나크가 문득 고개를 갸웃거렸다.

"그러고 보니 조금 이상한 점은 있습니다."

"어떤?"

"대대원들에게 들은 이야기인데……."

마검이 기습한 곳은 7대대원들이 모여 훈련하는 연무장이었다. 그리고 그중에서도 유독 레판만을 노리고 덤벼들었다고 했다.

"최초 피해자인 월러스와 버릭 역시 저희 대대원이지요."

어쩐지 작정하고 7대대만 노리는 것처럼 보인다.

"그러고 보면, 처음 이상한 행동을 보인 것도 7대대의 대장을 마주했을 때였지?"

지켄의 안색이 살짝 굳었다.

"킹스 오더 7대대와 무슨 연관 관계라도 있는 건가?"

"마검이 계급장 살펴 가며 습격할 것 같진 않습니다만……."

"공통점이 있는 건 사실 아닌가?"

고민하는 두 사람을 보며 세라티가 의견을 냈다.

"확인해 보면 되지 않을까요?"

"확인? 어떻게?"

"숙소 형태를 바꾸는 거예요."

1대대가 7대대를 에워싸고, 7대대 중에서도 레판의 숙소를 가장 깊숙한 곳에 위치시킨다. 이후에 마검이 과연 어떤 식으로 나오는지 두고 본다.

"이러면 뭔가 단서가 잡히지 않을까요?"

마검 마레다의 습격이 밤낮을 가리지 않는다는 걸 알게 된 이상, 킹스 오더의 대비 역시 변할 필요가 있다.

그래서 지켄은 수뇌부의 불침번 및 취침 시간을 3교대로 바꿨다.

이리하면 어떤 상황에도 전력의 절반 이상은 깬 상태에서 적을 맞이하게 된다.

또한 대원들의 과한 훈련이나 음주 등도 금지했다.

언제 적이 습격해도 바로 최상의 상태를 유지하기 위해서였다.

뭐, 굳이 말로 안 해도 저런 어리석은 짓을 할 만큼 무능한 킹스 오더 대원 따윈 없겠지만.

1대대와 7대대의 행동 구역 또한 확실히 나누었다.

1대대는 오로지 외곽만, 7대대는 저택 안쪽만 돌아다니게 되었다.

그리고 저택 정중앙의 침실엔 레판 혼자 갇혀 지낸다.

마검이 나타날 때까지 오직 그 방에서만 먹고 자는 것이다.

레판 입장에선 팔자에도 없는 감옥살이를 하는 셈이었다.

다행히 본인은 별 거부감이 없었지만.

"아무것도 안 해도 먹여 주고 재워 주는데 뭐가 불만이겠어요?"

그렇게 하루가 지나고 다시 밤이 찾아왔을 때.

정말로 목표물이 나타났다.

콰아아아앙!

폭발과 함께 저택 남쪽 담장이 무너져 내렸다.

마검의 소녀가 야음을 틈타 또다시 저택 부지 내로 침입한 것이었다.

모여드는 1대대의 포위망을 뚫더니 계속 직진, 이내 저택 지붕 위로 훌쩍 몸을 날린다. 그리고 지붕과 지붕 사이를 건

너뛰며 질주하다 갑자기 멈춘다.

저택 정중앙, 레판의 침실이 위치한 건물 천장 위치였다.

"아하?"

묘한 웃음을 흘리며 소녀가 마검을 내리쳤다.

천장이 무너지며 그녀의 전신이 빠르게 하강해 레판이 있는 방문 앞에 섰다.

하나 그곳엔 이미 만반의 준비를 갖춘 지켄과 해리스, 세라티가 대기하고 있었다.

"맙소사, 어이가 없군."

"진짜 저 친구만 노리네?"

황당해하면서도 셋은 전투태세를 취했다.

이왕 마검이 나타났으니 이 기회에 처리해 버리는 것이 최선이었다.

주위를 둘러본 소녀가 다시 웃음을 흘렸다.

"아하하……."

그러더니 뚫린 천장 구멍으로 다시 뛰어올랐다. 또 도주를 꾀하는 것이었다.

하지만 이번엔 해리스와 세라티도 곧바로 소녀의 뒤를 쫓아 뚫린 지붕 너머로 날아올랐다.

"어딜!"

"이번에는 안 놓쳐!"

미리 대비하고 있었던 덕분인지 이번엔 마검도 추격을 떨쳐 낼 수 없었다.

점점 거리가 좁아지는 걸 느낀 마검의 소녀가 갑자기 눈을 붉게 빛냈다.

"아하하하!"

광소와 함께 마검이 검붉은 기류의 칼날을 쏘아 낸다.

가공할 기세의 암흑 오러가 두 사람을 덮친다.

해리스와 세라티도 재빨리 오러 실드를 펼쳐 공세를 막았다.

하지만 그때와 달리 지금은 깊은 밤이다. 마검의 능력이 전혀 약화되지 않았다.

콰아아아앙!

폭발과 함께 두 사람이 10미터 넘게 뒤로 튕겨 나갔다.

"윽!"

"이런……."

그사이 마검은 저택 부지를 벗어나 버렸다.

소녀의 그림자가 밤거리로 뛰어들자마자 어둠 너머로 모습을 감춘다.

일단 저 복잡한 뒷골목 사이로 몸을 숨기면 찾는 건 불가능하다.

세라티가 짜증을 냈다.

"아오, 또 놓쳤어!"

검을 거두며 해리스가 그녀를 달랬다.

"하지만 적어도 확인은 하지 않았습니까?"

틀림없었다.

마검 마레다는 명백하게 7대대, 그중에서도 레판을 노리고 있었다.

하지만 왜?

저택 지붕 위에 서서 어두운 아첸바트 시티의 정경을 내려다보며, 세라티는 안색을 굳혔다.

"한 번 더 시험해 봐요, 우리."

세라티의 의견은 간단했다.

다른 조건은 여전히 동일하게 유지한다. 대신 한 가지 조건만 바꾼다.

"레판 대원의 기척을 완전히 지워 버리잔 말인가?"

"네, 지켄 대장님. 마검이 아예 그를 찾을 수 없게 만들 수 있나요?"

"가능하긴 할 걸세."

마검 마레다는 대체 어떤 식으로 목표물을 찾는 걸까?

일단 숙주의 시야를 통해 찾는 게 아님은 확실하다.

마검의 소녀는 저택 깊숙이 숨어 있는, 보이지 않는 레판의 위치를 정확히 파악하고 직진 거리로 달려왔으니까.

"아마도 냄새, 아니면 영혼의 파장을 감지하는 식일 거라 보네만."

언데드 마물, 혹은 사령술로 소환된 악마들이 목표를 찾는 전형적인 수법이었다.

그리고 7서클 마법엔 둘 다 차단하는 탐지 방해 마법이 있다.

“그럼 마법진을 펼치고 레판 대원을 집어넣어 보겠네.”

“부탁드려요.”

덕분에 당사자만 더더욱 갑갑해질 뿐이었다.

침실 한복판에 그려진 마법진 한가운데 앉아, 레판이 한숨을 푹푹 내쉬었다.

“에휴, 이쯤 되면 팔자에도 없는 감옥살이 맞네요.”

하루하고도 반나절이 지났다.

막 아침 해가 떠오르는 여명의 시각, 7대대 소속의 프로스는 아침밥을 먹다 말고 상상도 못 한 봉변을 당하게 되었다.

콰아아아앙!

식당에 앉아 열심히 빵을 찢어 스튜에 찍고 있는데 갑자기 벽 한쪽이 우르르 무너진 것이다.

동시에, 이젠 너무 자주 봐서 익숙하기까지 한 작은 소녀가 모습을 드러낸다.

“마검 마레다!”

"놈이 이번엔 여기에?"

식사 중이던 7대대가 기겁해 전투태세를 취했다.

동시에 소녀도 움직였다.

"꺄하하하하!"

마검의 목표는 명확했다.

다른 대원들은 신경도 쓰지 않은 채, 오직 프로스만 노리며 돌진해 온다.

죽어라 도망 다니며 프로스가 분통을 터트렸다.

"뭔데? 왜 이번엔 나인 건데?"

지켄과 트리브 등 수뇌부의 빠른 대응으로 마검 마레다는 별 피해도 입히지 못하고 또다시 도망쳤다.

덕분에 프로스는 무사했지만, 새로운 의문이 생겼다.

"또 7대대?"

"예."

"처음엔 윌라스와 버릭, 이번엔 레판과 프로스라……."

지켄은 손가락으로 관자놀이를 꾹꾹 눌렀다. 두통이 올 때마다 습관적으로 하는 행동이었다.

"사소한 것이라도 상관없네. 뭔가 짐작 가는 것이 없나, 카르나크 경?"

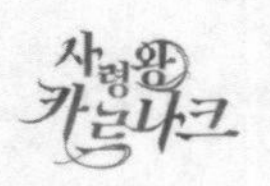

처음엔 7대대 대장을 보고 비명을 지르며 도망갔다. 그리고 이젠 7대대원들만 집요하게 노리고 있다.

"이건 절대 우연일 수가 없어."

"동감입니다. 하지만 정말이지 전혀 모르겠군요."

인상을 구기며 카르나크가 말을 이었다.

"짐작은 고사하고, 사소한 단서조차 떠오르지 않습니다. 대체 마검과 저희 7대대가 무슨 상관이 있겠습니까?"

"그건 그렇지……."

침묵이 이어졌다.

지켄과 카르나크는 물론, 이 자리에 모인 다른 오러 유저들도 입을 다물고 있었다. 도저히 짚이는 것이 없었으니까.

그때 눈치를 보던 프로스가 슬쩍 입을 열었다.

"저기, 황당한 의견이라도 괜찮습니까?"

지켄과 카르나크가 반색하며 되묻는다.

"음?"

"짐작 가는 바가 있나?"

"아니, 짐작이라 할 정도는 아니고요."

프로스가 자신 없는 표정을 지었다.

"솔직히 정말 말도 안 되는 억측입니다. 아무리 봐도 그냥 우연인 것 같긴 한데……."

"지금 우리에겐 그 억측조차도 없다네."

지켄의 허락이 떨어졌다.

한층 편해진 어조로 프로스가 카르나크와 자신을 가리켰다.

"이거 어째, 카르나크 대장이랑 가까이 서 있던 순서 같거든요?"

"가까운 순서?"

바로스가 의아해했다.

"그게 무슨 소리야? 대장이랑 가까운 순서라면 나랑 세라티 경이어야지, 왜 애꿎은 월라스랑 버릭이?"

물론 카르나크의 심복이 바로스와 세라티라는 건 모두가 안다.

"인간관계 말고요."

프로스는 고개를 저었다.

"마검의 소녀가 대장을 본 뒤 비명 지르고 도망갔을 때의 상황을 말하는 겁니다."

킹스 오더는 정예 중의 정예다. 당연히 포위망을 구축할 땐 미리 정해진 위치가 있다.

"보십쇼. 월라스, 버릭, 레판, 그리고 저까지. 정확하게 대장 좌우에서 포위망을 펼치던 순서가 아닙니까, 이거?"

다들 눈을 깜빡거렸다.

"듣고 보니……."

"정말 그렇기는 한데……."

억측도 정도껏이지, 지나치게 말도 안 되는 소리다.

“저도 압니다, 어이없는 소리인 거. 그냥 지푸라기라도 잡아 보라 해서 꺼낸 말일 뿐이에요.”

그때 해리스가 손을 들었다.

“괜찮은 의견인 것 같습니다만?”

어이없어하며 지켄이 되물었다.

“자넨 저 말을 믿는 건가?”

“믿고 말고는 중요한 게 아니지요.”

저 가설엔 한 가지 좋은 점이 있다.

“확인이 가능하지 않습니까, 이거?”

프로스를 돌아보며 묻는다.

“포위망 구축 당시, 자네 다음으로 카르나크 경과 가까이 서 있던 자가 누구지?”

“에, 크란트입니다만.”

“좋아.”

회심의 미소를 지으며 해리스는 말을 이었다.

“이번엔 자네도 레판 경과 함께 마법진에 들어가 있어 보게. 크란트 대원에겐 아무 말도 하지 말고.”

다음 날 밤.

20대 중반의 건장한 청년 검사 1명이 반파된 저택 기둥에 기대어 거친 숨을 헐떡이고 있었다.

전신이 피투성이에 흙먼지로 뒤덮여 꽤나 고초를 겪은 모습이었다.

"헉헉, 주, 죽을 뻔했네……."

마검 마레다가 제때 도주하지 않았더라면 정말 목숨을 잃었을지도 모른다.

안도의 한숨을 내쉬는 7대대원 크란트를 바라보며, 지켄을 비롯한 킹스 오더 수뇌부는 미묘한 표정을 지었다.

"진짜네."

"정말로 이 친구만 죽어라 쫓아다녔어?"

"……이게 대체 무슨 의미지?"

왜 마검의 소녀는 카르나크를 보자마자 비명을 지르며 도주했을까?

그리고 왜 킹스 오더 7대대, 그중에서도 유독 카르나크와 근접했던 순서대로만 공격하기 시작한 걸까?

이유는 모르겠다. 솔직히 이유가 존재할 수 있는지도 의심스럽다.

하지만 이유를 몰라도 패턴을 알면 써먹을 수는 있다.

왜 해가 뜨고 달이 저무는지 몰라도, 그 사실을 이용해 달

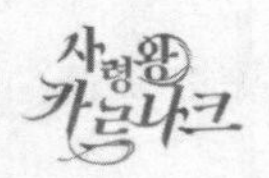

력을 만들고 농사를 지을 수는 있는 것처럼.

수뇌부를 모은 뒤 지켄이 제안했다.

"마검 마레다를 유인해 보세."

상대의 목표를 특정 지을 수 있다는 것은, 상대의 움직임을 제어할 수 있다는 의미.

우선순위가 높은 레판과 프로스를 미끼로 쓴다면 마검의 소녀를 함정으로 몰아넣을 수 있는 것이다.

"그렇다면 더 이상 이곳에 머무를 필요는 없겠군. 인적이 드문 쪽이 마검의 접근을 파악하기도 쉬울 테니."

트리브의 발언에 세라티가 끼어들었다.

"놈이 도주할 때 쫓아가기도 쉬워지겠죠."

그동안 그녀가 마검을 놓친 이유는 단순히 상대가 워낙 빨라서만은 아니다.

"건물이 많은 도시에는 숨을 장소가 너무 많아요."

일단 기척을 감추고 골목길의 어둠 사이로 스며들면 마법이나 투기술로는 감지가 거의 불가능하다.

해리스도 동의했다.

"예전 같았으면 성직자의 신성술로 어둠의 흔적을 찾았겠지만 그것도 안 먹히니까 말이지."

변모한 현재의 마검 마레다는 흔적을 전혀 남기지 않는다. 마치 작정하고 지운 것처럼.

하지만 사방이 확 트인 들판이라면 모든 문제가 사라지는 것이다.

대략적인 전략이 세워졌다.

일단 아첸바트 시티를 떠난다. 그리고 근처에 적당한 장소를 물색해 야영지를 꾸린다.

"마검의 목표가 확실해졌으니 굳이 1대대가 7대대를 에워싸는 형태를 취할 필요까진 없겠지?"

"평소처럼 좌익과 우익으로 나눠 역할을 분담하면 되겠군요."

야영지 한복판에 레판과 프로스를 배치한다. 이후 마검 마레다가 출몰하면 차단 마법진을 이용해 두 사람의 기척을 번갈아 지워 가며 함정으로 유인하는 계획이었다.

지켄이 테이블 위에 지도를 펼쳤다. 아첸바트 시티 인근 지형이 그려진 세밀한 지도였다.

"이곳을 야영지로 삼겠네."

그리고 도시 북쪽의, 시야가 뻥 뚫린 광활한 들판 한가운데를 가리키며 명령을 내렸다.

"오늘 내로 이동할 테니 다들 준비하도록!"

그날 오후, 킹스 오더 1대대와 7대대는 저택에서 나와 도시 북쪽 초원으로 향했다. 그리고 열심히 야영지를 설치하기 시작했다.

단순히 천막만 친다고 끝이 아니다.

마검 마레다를 유인해 처리할 전장이기도 하니 여러 다양한 함정들도 미리 준비해 놓아야 한다.

"무슨 일이 있어도 이번 기회에 놈을 처치해야 한다."

함정들을 확인하며 트리브는 대원들을 독려했다.

"수단과 방법을 가리지 말고, 이번에 끝내 버리도록!"

함께 작업하던 1대대원들이 물었다.

"수단과 방법을 가리지 않는다라……."

"숙주를 죽이는 한이 있더라도 말입니까?"

마검에게 홀린 죄 없는 소녀를 희생해도 되냐는 질문이었다.

옆에서 듣고 있던 카르나크가 흠칫 놀랐다.

'여자애는 그냥 죽이자고? 그건 곤란한데.'

막 말리려는데, 트리브가 먼저 대답했다.

"목숨이 걸린 상황이다. 무조건 살리라는 소리까진 나도 하지 않아."

피식 웃으며 그는 어깨를 으쓱였다.

"하지만 가차 없이 죽여 버리는 것도 곤란하지 않은가? 명색이 왕의 칙명에 따라 움직이는 입장인데. 아니, 그게 아니더라도 7여신을 섬기는 인간으로서 살릴 수 있는 생명은 살려야지."

"물론 부대장님 말씀이 도의적으로 옳습니다만……."

젊은 대원 1명이 납득할 수 없다는 반응을 보였다.

"마검이 날뛸수록 피도 계속 흐를 겁니다. 차라리 그 소녀 1명을 확실하게 희생해서라도 더 많은 피해자가 생기는 걸 막아야 하지 않겠습니까?"

40대 사내, 트리브는 20대의 부하를 바라보며 빙그레 웃었다.

"내가 딱 자네만 한 나이대에 그렇게 생각했었지."

"아닙니까?"

"논리적으론 자네 말이 맞지."

1명을 희생해 사건을 원천 봉쇄함으로써 차후에 이어질 더 큰 피해를 막는다?

이론상으로는 문제가 없다.

"그런데 현실은 그렇게 돌아가지 않더군."

문제가 있는 건 항상 사람이다.

"저런 식으로 생각하는 인간들은 막상 다수의 피해자도 못 구하더라고. 그냥 1명도 희생시키고, 다수의 피해자도 생기게 만들지."

구할 수 있다면 어떻게든 구해야 한다.

이런 마음가짐이어야 오히려 피해를 최대한 줄이고 더 많은 사람을 구할 수 있다. 숫자나 수치와는 상관없이.

대원들이 애매한 표정을 지었다.

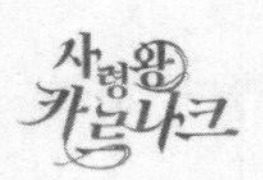

"그렇습니까?"

트리브는 쓴웃음을 지었다.

그 역시 이 나이 먹고서야 어렴풋이 느낀 것일 뿐이니 당연히 이해하기 힘들 것이다.

"미안하군, 나도 칼잡이라 더 이상 설명을 못 하겠어."

"아, 아닙니다!"

"새겨듣겠습니다!"

반면, 카르나크와 바로스는 감탄하고 있었다.

[오, 저렇게 말해야 사람답게 사는 거로군요, 도련님.]

[대단하네. 난 저런 식으로는 생각도 안 해 봤는데.]

[도련님도 어차피 숙주를 살리려고는 했죠?]

[응.]

생명에 우열은 없으니 단 1명의 목숨도 소중하다?

그런 기특한 이야기는 당연히 아니었다.

[괜히 죽였다가 언데드 되면 더 강해질지도 모르잖아.]

원래 사령술이 관련되면 살려 두는 것보다 죽이는 쪽이 후환이 되는 경우가 워낙 많은 것이다.

도덕적인 문제가 아니라, 실리 때문에 살려야 한다.

[같은 말을 해도 저렇게 욕 안 먹게 할 수가 있구만요.]

[우리도 배워야 하는데.]

[그러게 말입니다. 말 예쁘게 하는 것도 재능인가? 부럽다.]

듣고 있던 세라티가 의아해했다.

[저게 그렇게 대단한 건가요?]

트리브가 한 말은 여타 성직자들도 주로 하는 설교였다.

그런데 100년도 넘게 살았다는 양반들이 모른다는 건 좀 이상하지 않나?

카르나크와 바로스가 그럴 수 있다며 고개를 끄덕였다.

[그땐 새겨듣질 않았거든, 내가.]

[예전엔 성직자 만나기만 하면 죄다 죽여서 뼈다귀로 춤추게 만들었거든요.]

[아, 그랬군요…… 이 나쁜 분들아.]

[응?]

[아뇨, 아무것도.]

근처의 7대대원들이 그런 셋을 보며 묘한 표정을 지었다.

또 저 세 사람 말없이 눈싸움만 하고 앉았네, 하는 얼굴이었다.

아차 싶어 바로스가 화제를 돌렸다.

"그럼 이제, 내내 여기서 머무르는 겁니까?"

"그래야지."

"마검이 언제 나타날 줄 알고요?"

"모르니까, 나타날 때까지 계속 야영을 해야겠지?"

야영지를 둘러보며 카르나크는 빙그레 웃었다.

"오래 걸리진 않을 거야. 지금도 하루 단위로 줄기차게 습격 중이잖아."

과연 카르나크의 예측은 틀리지 않았다.

노을이 초원의 색을 조금씩 훔치기 시작할 무렵이었다. 사방을 경계 중이던 초병 하나가 소리를 질렀다.

"나타났다!"

어두워지는 들판 저편에 양수검을 든 작은 소녀가 모습을 드러냈다.

야영지로부터 거의 100미터 이상 떨어진, 충분히 대비하고도 남을 거리였다.

역시 사방이 확 트여 있으니 멀리서도 접근을 알아차리기가 용이하다.

"마검이다!"

"전원 전투준비!"

"자기 위치로!"

마검의 소녀가 전투를 준비하는 킹스 오더를 말없이 노려본다. 그리고 대뜸 땅을 박차며 무시무시한 속도로 야영지를 향해 질주하기 시작한다.

하지만 예전처럼 쉽사리 방어선을 뚫고 지나갈 순 없었다.

이미 킹스 오더는 만전의 태세를 갖추고 있었으니까.

돌진하는 소녀의 좌우로 파고들며 대원들이 연달아 공세를 펼친다.

"어딜!"

"쉽게 보내 줄 것 같으냐?"

소녀도 반격에 나섰다.

마검을 휘두르며 검은 기운을 사방으로 떨쳐 낸다. 어둠의 칼날이 대지를 두들기며 무식한 폭발을 일군다.

쾅! 콰쾅! 콰콰콰쾅!

하나 정작 쓰러진 이는 아무도 없었다. 이미 전원 폭발 범위 밖으로 몸을 뺀 후였다.

흩어졌다 뭉치며 대원들이 전투대형을 재차 갖췄다.

포위망을 멍하니 훑어보던 소녀가 느닷없이 웃음을 터트렸다.

"꺄하하하하!"

의외로 신경 쓰는 이는 없었다. 다들 침착하게 1차 방어선을 유지하고 있을 뿐이었다.

"처음엔 좀 섬뜩했는데……."

"저것도 워낙 자주 들어서……."

"이젠 뭐 딱히?"

방어선의 지휘관인 바로스가 흐뭇한 미소를 지었다.

'좋아, 작전대로 잘되고 있구만.'

세상에 공짜는 없다.

힘을 쓰면 반드시 보충을 해야 하는 것이 세상의 이치.

마검 마레다는 인간을 베고 정혈을 흡수해 어둠의 권능으

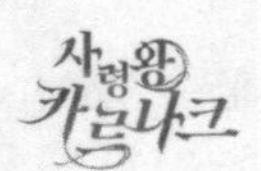

로 바꾸는 마물이었다.

무한대로 힘을 쓰는 게 아니라 염연히 한계선이 있는 것이다.

그래서 1차 방어선에 주어진 임무는 이것이었다.

ㅡ마검의 힘을 소모시켜라!

정확히는 방어를 최우선으로 하며 조금씩 상대의 권능을 갉아 가는 것이 목표였다.

목숨을 아끼지 않고 덤벼들어도 곤란하다. 그러다 마검에 베여 정혈을 빼앗기게 된다면?

본인 죽는 걸로 끝나지 않고 상대의 힘까지 더 늘려 주게 된다.

그래서 중요한 점이 아슬아슬한 선을 지키는 것이었다.

"아하하하!"

웃음을 터트리며 마검의 소녀가 눈앞의 대원들에게 참격을 날려 댔다.

밤이 다가온 탓인지 공격에 실린 기운이 예사롭지 않았다.

설령 검을 들어 막는다 해도 통째로 썰릴 것이 뻔했다.

그러니 후퇴에만 전력을 다한다.

"크윽!"

"피해!"

소녀가 쫓아오며 마저 베어 버릴 거란 걱정은 할 필요가 없었다.

그건 다른 동료들이 어떻게든 해 줄 테니까!

"토레스!"

"부디 무사하게!"

고함을 터트리며 대원 2명이 소녀의 등 뒤로 창을 찔러 넣었다.

아주 대놓고 들으라고 소리까지 질렀으니 당연히 소녀도 반응했다.

몸을 틀어 마검을 돌려 휘두르며 간단히 창 두 자루를 튕겨 버린다.

탕! 타탕!

그 대가로 앞서 후퇴한 대원들은 무사히 사정거리 밖으로 벗어났고…….

"휴우, 살았다."

"좋아, 다시 간다!"

다시 포위망이 구축되어 마검의 소녀를 크게 감싼다.

"……."

마검의 소녀가 잠시 머뭇거렸다.

목표물은 명확했다. 그러니 그 목표물을 향해 나아가야 했다. 그리고 방해가 되는 것은 모두 제거해야 했다.

그런데 방해물의 움직임이 정말 애매한 것이다.

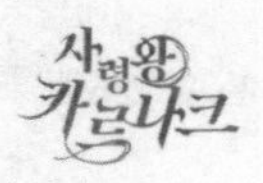

딱 방해가 되기 직전에 도주하고, 목표물을 향해 나아가려 하면 등 뒤에서 자꾸 귀찮게 달라붙는다.

이걸 무시하고 지나칠지, 아니면 머물러 제거할지 애매하다.

그 애매함이 바로 킹스 오더의 노림수였다.

“자, 다들 뒤로 빠지세!”

“좋아! 놈이 야영지 안쪽으로 향한다!”

“우리 차례군!”

“쫓아!”

일단 보내 주고, 뒤통수를 노린다. 이것이 기본 전법.

하지만 워낙 능력 차이가 크니 내내 발을 묶을 수만은 없다.

“키득…….”

옅은 조소와 함께 마검의 소녀가 땅을 박찼다.

콰아앙!

발로 뛰었다기보단, 그냥 발밑에서 뭔가 폭발시켜 그 힘으로 날아올랐다는 쪽이 더 가까웠다.

폭발과 함께 소녀의 전신이 허공으로 솟구쳤다. 단번에 저들을 떨쳐 내며 목표물을 노릴 심산이었다.

“꺄하하하하!”

삽시간에 소녀와 방어선의 간격이 멀어졌다.

이대로라면 거리가 너무 벌어져 놓칠 상황이었다.

바로스가 신호를 보냈다.

"웨스터! 카밀라!"

천막 사이로 로브를 걸친 30대 남녀가 모습을 드러냈다. 7대대 소속의 정규 마법사, 웨스터와 카밀라였다.

킹스 오더의 성직자들은 다들 귀한 몸이다. 교단에서 딱 정해진 숫자만큼만 지원을 해 주기에 각 대대별로 1명씩밖에 배정이 되어 있지 않다.

반면 마법사는 비교적 숫자가 많은 편이다.

대대장이 되기 전의 카르나크처럼, 4서클 수준의 마법사는 대대별로 제법 포진해 있다.

두 마법사가 지팡이를 들어 올렸다.

각자의 마력이 지팡이를 타고 흐르며 찬란한 마법진을 허공에 그린다.

빛의 무늬가 명멸하며 방대한 힘을 사방에 떨친다.

마법을 완성한 두 사람이 동시에 외쳤다.

"뇌화의 일격이여!"

"우리 손에 임하라!"

뇌격의 기둥이 마검을 강타했다.

굉음이 밤하늘을 길게 찢었다.

콰아아아앙!

잠시 후 폭연 사이로 마검의 소녀가 걸어 나왔다.

부상은커녕 털끝 하나 다치지 않은 모습이었다.

뇌격에 강타당한 순간 혈기의 장막으로 전신을 보호한 것이다.

그렇다고 마법이 소용없었다는 소린 아니다.

마법을 막기 위해 또다시 비축한 힘을 상당히 소모했을 테니까.

소녀가 마법사들 쪽으로 시선을 돌렸다.

이번 마법은 꽤나 위협적이었다. 저들이 무시할 수 없는 방해물이란 의미였다.

그러므로 처리하고 움직여야 했다.

하지만 마법사들은 벌써 천막을 버리고 날쌔게 도주하고 있었다.

"우리 할 일은 다 했지?"

"그럼요! 튀어요!"

뒤도 돌아보지 않고 달리고 있는데, 하필 그 방향이 야영지 반대편이었다. 마검이 노리는 목표와 정반대란 소리다.

자, 여기서 또 애매해진다.

목표물은 이쪽.

방해물은 저쪽.

저 방해물부터 처리할 생각이었는데, 이렇게까지 멀어지면 더 이상 방해물이 아니지 않을까?

"……."

잠시 머뭇거리는 사이, 기껏 거리를 벌려 두었던 킹스 오더가 다시 달려와 포위망을 재구축했다.

기다렸다는 듯 바로스가 고함을 터트렸다.

“좋아, 다시 간다!”

바로스의 지휘 아래 킹스 오더는 1차 방어선을 굳건히 지켰다.

그럼에도 마검 마레다는 꾸준히 야영지 중심부로 진입해왔다.

당연했다.

애초에 접근 자체를 막고 있는 것은 아니니까.

그저 진입하는 과정에서 힘을 빼 놓을 뿐이다.

확실하게 함정에 빠뜨리기 전에는 너무 몰아붙여도 곤란한 것이다. 그러다 수틀리면 또 도망칠 텐데?

그래서 킹스 오더의 수뇌부, 지켄과 카르나크를 비롯한 오러 유저들은 여전히 함정 근처에서 대기 중이었다.

멀리서 전투를 지켜보던 트리브가 문득 감탄을 터트렸다.

“맙소사, 저 친구는 무슨 예지 능력자라도 되는 건가?”

정예 중의 정예만 모은 킹스 오더답게 모두가 잘 싸우고 있다.

기사와 마법사가 모두 손발이 척척 맞아 유기적으로 움직이며 훌륭하게 마검을 압박하는 중이다.

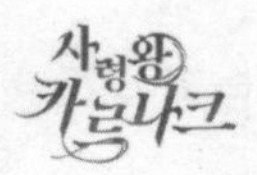

하지만 바로스는 그 사이에서도 유독 두각을 드러내고 있었다.

딱히 오러 유저인 것도, 남들보다 월등히 빠르거나 힘이 센 것도 아니다. 그런데도 어지간한 오러 유저 이상으로 수월하게 마검을 상대한다.

치고, 빠지고, 파고들고, 스쳐 지나가고, 상대의 손발을 어지럽히며 호흡과 타이밍을 뺏는데, 이 모든 것이 이치에 전혀 어긋나지 않는다.

청색급 오러 유저인 자신도 저렇게는 못할 것 같았다.

"대체 어떻게 저런 걸 할 수 있는 거지?"

미끼 역할을 위해 함께 숨어 있던 레판 대원이 의아해하며 물었다.

"오러를 쓰고도 못하신단 말입니까?"

물론 바로스가 얼마나 강한지는 그 역시 잘 안다.

대련만 붙었다 하면 이상하게 아무것도 못 하고 말려들기 일쑤였으니까.

'하지만 블루 나이트마저 감탄할 정도였나?'

트리브는 고개를 저었다.

"저건 오러와는 아무 상관도 없지 않나?"

오러를 쓰면 물론 강적을 한 방에 베어 버릴 수 있다.

하지만 아무리 오러 유저라도 똑같은 위치를 정확하게, 수십 번이나 오차 없이 찌를 순 없는 것이다.

심지어 가만있는 상대도 아니다.

움직이는 상대를, 급소만 골라서, 움직임을 예상해 먼저 찌르고, 상대가 뒤늦게 도달한다. 얼핏 상대가 칼에 찔려 주는 것처럼 보일 지경이다.

"엄청나게 머리가 좋아서 상대의 움직임을 전부 계산하는 건가?"

"그렇게까지 좋아 뵈진 않았는데요."

"그럼 경험이 어마어마한 건가?"

"그렇게까지 늙어 뵈지도 않잖습니까?"

"그러니까 신기하다고."

한편 바로스는 내심 시간을 재고 있었다.

'이 정도면 충분하지?'

마검과 싸운 지도 상당히 지났다. 여기저기 지친 대원들이 보인다.

슬슬 떠넘길 때였다.

"자, 킹스 오더 전원!"

뒤로 물러서며 그가 장난스러운 외침을 토했다.

"퇴근합시다!"

후퇴와 퇴근은 단어의 의미가 명확히 다르다.

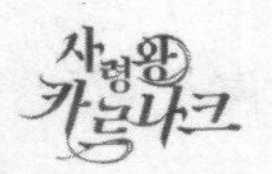

후퇴는 전투 중 유불리에 따라 뒤로 물러서는 것.

반면 퇴근은?

일터에서 근무 마치고 돌아가는 것이다.

전장에서 아예 떠나 버린다는 소리다.

명령이 떨어지자 킹스 오더 전원이 우르르 야영지 밖으로 도망치기 시작했다.

잠시 주위를 둘러보던 마검은 이내 판단을 내렸다.

상대가 충분히 멀어지고 있었다. 목표물을 노릴 때까지 돌아와 방해할 수 없을 정도의 거리였다.

저것들은 더 이상 방해물이 아니다. 이제 마음껏 목표물을 노릴 수 있다!

"아하하……."

광소와 함께 마검의 소녀가 맹수처럼 초원을 질주했다.

가로막는 것이 없으니 거리낄 것이 없었다. 순식간에 야영지 중심까지 내달렸다.

그리고 결국 목표물을 발견했다.

"으아, 결국 왔네……."

20대 검사가 긴장한 얼굴로 전투태세를 취했다. 7대대 소속, 프로스였다.

흥분한 소녀가 대뜸 그를 노렸다.

"아하하하!"

하지만 방어선에 1차라는 단어가 붙었다는 건 2차도 있다는 의미.

2차 방어선을 담당한 두 사람이 모습을 드러냈다.

1대대의 적색급 오러 유저 해리스와 세라티였다.

“자, 이제 우리 차례군!”

“제가 먼저 갈게요!”

붉은 투기검을 뽑아 들며 둘은 몸을 날렸다.

기세가 보통이 아니라, 아무리 마검이라도 이를 무시하고 프로스를 계속 노릴 수는 없었다.

“아하하하!”

마검의 소녀가 공세의 방향을 돌렸다.

검은 투기와 붉은 투기가 허공에서 충돌하며 폭음을 터트렸다.

간신히 살아난 프로스가 혀를 내둘렀다.

“이거 웃기네요. 오러 유저 두 분이 저를 호위하는 상황이라니…….”

마검을 가로막은 해리스와 세라티가 쓴웃음을 지었다.

“귀하신 몸이 되니 좋은가?”

“어서 작전대로 움직이세요!”

“네!”

프로스가 뒤로 빠지고 두 오저 유저가 마검의 앞을 가로막았다.

세 줄기 파괴의 빛이 초원 위에서 어우러지며 화려한 윤무

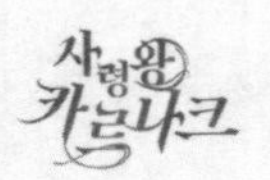

를 추기 시작했다.

공방이 이어지며 사방에 오러의 파문이 퍼져 나간다.

전투를 틈타 프로스는 계속 뒤로 물러났다. 해리스와 세라티도 천천히 전장을 옮겼다.

목표물도, 방해물도 같은 방향으로 향하니 당연히 마검도 그 뒤를 따랐다.

2차 방어선의 목적은 1차와는 조금 다르다.

마검의 힘을 갉아 내는 것뿐만이 아니라, 놈을 원하는 장소로 확실하게 인도하는 것 역시 목표.

정신없이 싸우는 와중에도 전장은 착실히 이동하고 있었다.

어느새 야영지를 벗어나 작은 협곡 입구까지 도달했다.

안으로 움푹 파인, 지름이 100여 미터쯤 되는 분지 형태의 협곡이다.

'좋아!'

프로스가 미리 마련해 둔 마법진 안으로 몸을 던졌다.

갑자기 목표물이 사라지자 마검의 소녀가 당황한 듯 주위를 두리번거렸다.

"……."

당황은 길지 않았다.

또 다른 목표물이 협곡 안쪽에서 느껴진 것이다.

방금까지 쫓았던 인간이 아닌, 더 '우선순위'가 높은 목표물이.

때마침 해리스와 세라티도 마검으로부터 거리를 두고 있었다. 목표물을 처리하는 데 아무런 방해가 없는 셈이었다.

"꺄하하하하!"

웃음을 터트리며 마검의 소녀는 일직선으로 협곡으로 향했다.

그 모습을 본 해리스가 어이없어했다.

"정말 예측에서 벗어나질 않는군요."

"그건 다행이긴 하지만……."

천천히 뒤를 쫓으며 세라티는 미간을 찡그렸다.

"……정말 이해가 안 가네요. 대체 왜 저러는 걸까요?"

분지 안쪽에는 지켄과 트리브, 그리고 막 마법진에서 나온 레판이 대기하고 있었다.

협곡을 통해 분지로 들어선 마검의 소녀는 우선 레판부터 노려보았다.

"……."

그러나 바로 덤벼들지는 않았다. 지켄과 트리브의 존재감이 예사롭지 않은 탓이었다.

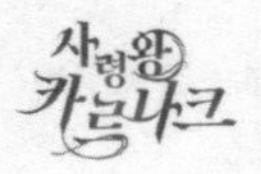

양쪽 모두 강렬한 마나와 오러를 드러내고 있다.

저 둘을 먼저 처리해야 비로소 목적을 달성할 수 있으리라.

"아하하하!"

웃음과 함께 소녀가 몸을 날렸다.

트리브도 푸른 투기검을 휘두르며 맞섰다.

마검의 칼날이 채찍처럼 긴 혈기의 오러를 뿌린다. 검붉은 검광과 푸른 투기가 맞붙어 어지러이 얽힌다.

풀잎이 날리고 대기가 찢어져 굉음을 떨쳐 댔다.

파앙! 파아아앗!

지켄도 차분히 마법으로 보조했다. 각종 화염과 전격 주문이 마검의 배후를 노렸다.

무려 7서클 마법사와 청색급 오러 유저의 합공이었다.

게다가 지켄과 트리브 둘 다 킹스 오더에서 오랜 시간 호흡을 맞춘 베테랑들.

둘의 협공에 마검의 소녀가 점점 수세로 몰렸다.

그럼에도 쓰러지지는 않는다. 몰릴수록 더더욱 어둠의 기운을 높이며 사방으로 광기의 참격을 뿌려 댄다.

"꺄하하하하!"

공세가 강해질수록 광소도 점점 더 높아졌다.

"맙소사, 아직도 이 정도로 힘이 남았나?"

혀를 차는 트리브를 향해 지켄이 고개를 저었다.

“이 정도면 힘 많이 빠진 게 맞지. 애초에 우리 둘이서 무슨 수로 자색급을 상대하겠나?”

“그건 그렇군.”

한편 레판은 조금 떨어진 곳에서 검을 겨누며 전장 주위를 빙빙 돌고 있었다.

언제 마검이 그를 노릴지 모르니 방심할 순 없다. 하지만 괜히 끼어들 필요도 없는 것이다.

그냥 적당한 거리에서 빙빙 돌고만 있어도 된다.

그것만으로도 놈의 우선순위를 흔들어 놓을 수 있고, 트리브와 지켄이 한숨 돌릴 여유도 생긴다.

덕분에 충분히 시간을 끌었다. 거리를 두고 쫓아온 해리스와 세라티마저 마검의 배후를 잡았다.

마검의 광소가 멎었다.

“…….”

무표정한 얼굴로 소녀가 주위를 둘러보았다.

상당히 위험해진 상황이다. 후퇴를 하는 쪽이 옳다.

판단을 내린 마검의 소녀가 대뜸 뒤로 뛰었다. 트리브가 인상을 썼다.

“역시 도망가나?”

마법의 완드를 움켜쥔 채 지켄이 소리를 질렀다.

“조금만 더 붙잡아 놔!”

해리스와 세라티가 앞을 막았다.

하지만 마검의 신체 능력은 자색급 오러 유저에 필적한다. 일단 도망치기로 작정하면 막기가 쉽지 않다.

과연, 아주 약간의 틈이 생겼다.

해리스의 투기검을 튕겨 내며 소녀가 좌측으로 빠르게 파고들었다. 그리고 그대로 포위망을 벗어났다.

'아차!'

당황한 해리스를 뒤로한 채 소녀가 무시무시한 속도로 대지를 질주했다.

유일한 탈출구, 협곡 입구를 향해서였다.

그때였다.

"어딜 도망가시나?"

바위틈에서 한 사내가 나타났다.

레판과 마찬가지로 마법진에 몸을 숨기고 있던 카르나크였다.

그를 보자마자 마검의 소녀가 날카로운 비명을 터트렸다.

"꺄아아아악!"

실로 끔찍한 존재를 본 것처럼 기겁하며 반대쪽으로 도망간다.

유일한 탈출구의 반대편이라면 어디겠는가? 도로 포위망 안쪽으로 돌아왔다는 소리다.

"혹시나 해서 보험을 들어 놓길 잘했군."

안도의 한숨을 내쉬며 지켄이 마법의 완드를 치켜들었다.

"흐르는 수정의 광휘여, 내 적을 감싸는 감옥이 되어라!"

천장과 벽, 기둥까지 모두 빛으로 이루어진 거대한 수정 감옥이 사방 수십 미터를 감쌌다.

7서클 감금 마법진, 크리스털 라비린스.

사전 준비 시간이 지나치게 길다는 약점이 있긴 하지만 발동만 하면 블루 나이트까지도 가둘 수 있는 강력한 마법이었다.

당황한 듯 소녀가 검을 고쳐 쥐었다.

"……."

물론 자색급 오러 유저에 필적하는 마검 마레다라면 이 결계마저도 부술 수 있다. 아마도 두세 번만 두들겨도 깨질 것이다.

실제로 마검의 소녀도 부수려는 시도는 했다.

검을 높이 들어 모든 기운을 한 점에 모아 빛의 벽을 내려친다!

콰아앙!

단 일격에 빛의 장막이 흔들리며 금이 갔다.

하지만 깨지지는 않았다.

두세 번만 두들겨도 깨진단 소리는, 한두 번까진 막을 수 있다는 소리도 되는 것이다.

트리브와 해리스, 세라티가 훼방을 놓기에 충분한 시간이었다.

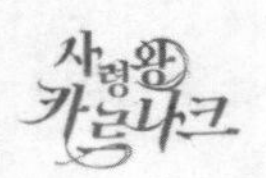

"이렇게까지 했는데!"

"놓칠 것 같아?"

방해를 받은 소녀가 멍하니 주위를 두리번거리더니 한곳에 시선을 고정했다.

저 멀리서 카르나크가 천천히 다가오고 있었다.

"으으……."

처음으로 소녀의 입에서 색다른 소리가 나왔다.

광소도 비명도 아닌, 신음이었다.

"으어어어……."

더 이상 마검의 소녀는 레판을 노리지 않았다. 카르나크를 보며 비명을 지르지도, 어떻게든 도주하려 하지도 않았다.

궁지에 몰린 맹수처럼 희미한 신음을 흘리며 주위를 연신 훑어볼 뿐이었다.

"으으으……."

사방에서 킹스 오더의 포위망이 좁혀 온다. 그 너머로는 견고한 수정 감옥이 모든 퇴로를 차단하고 있다.

싸우는 길밖에 남지 않았다는 판단이 선 것일까?

소녀가 마검의 검날을 크게 훑었다. 검은 불길이 칼날을 타고 피어올랐다.

화르르륵!

동시에 허공에 몸을 날린다!

"끼야아아악!"

비명과 동시에 사방으로 참격이 흩뿌려졌다.

얼핏 마구잡이처럼 보이는, 하지만 의외로 정확하게 상대를 노리고 날아드는 연격이었다.

푸른 투기검으로 공격을 흘려 내며 트리브가 외쳤다.

"다들 조심하게!"

강렬한 연격이 이어졌다. 하지만 별 효과는 없었다.

해리스도 세라티도 무리하지 않고 차분히 방어에 전념하고 있었다. 지켄과 카르나크 역시 마나 실드를 펼쳐 공세를 막는 데에만 집중하는 중이었다.

기껏 여기까지 몰아넣었다.

굳이 서둘러서 일을 그르칠 필요가 없는 것이다.

'계획대로!'

'마검과 소녀를 떼어 놓는다!'

눈빛을 주고받으며 트리브와 해리스는 좌우의 협공을 이어 갔다.

청색과 적색의 투기 두 줄기가 연신 검은 불길을 두들긴다. 그때마다 불길이 확실히 약화되며 기세도 사그라진다.

최대한 소녀에 대한 공격은 피하며 마검 자체만 부수는 것이다.

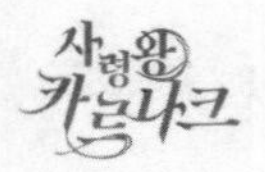

어차피 본체는 마검 쪽이니 무기 파괴가 곧 승리로 이어진다.

그럼에도 여전히 마검은 버티고 있었다. 당장이라도 쓰러질 듯 휘청거리면서도 여전히 위협적인 반격을 날린다.

계속해 검은 불길을 쳐 내며 트리브가 곁눈질을 했다.

'카르나크 경은 아직인가?'

지켄은 수정 감옥을 유지 중이니 이 자리의 마법사는 카르나크뿐.

때마침 카르나크가 마법을 완성시켰다.

완드를 대지에 내리치며 혼돈마력을 가득 피워 낸다!

"나, 옥죄고 얽매는 힘의 사슬을 부른다! 체인 오브 아케인 포스!"

다섯 줄기의 붉은 사슬이 땅에서 솟구쳐 마검과 소녀를 휘감았다.

마검의 칼날에 셋, 소녀의 다리에 각자 하나씩 사슬이 묶였다.

세라티가 반색을 했다.

"잡았나?"

아직 좋아하긴 이른 듯했다.

소녀가 비명을 지르며 난동을 부린 것이다.

"꺄아아악!"

대지에 박힌 사슬이 일제히 뽑혀 허공에 나부낀다.

쾅! 콰콰콰쾅!

권능의 사슬 자체는 튼튼한데 그걸 지탱하는 대지가 견고하지 못했다.

붉은 사슬이 채찍처럼 사방으로 날려 오히려 킹스 오더를 공격해 갔다.

“윽!”

“카르나크 경!”

마법이 실패했으니 어서 다음 수법을 준비하라는 의미의 외침이었다.

하지만 카르나크는 태연했다.

‘실패한 거 아니거든.’

애초에 여기까지 염두에 둔 수법이었다.

카르나크가 바로 다음 마법을 발동했다.

“일어나라, 대지의 혼이여!”

쿠쿠쿠쿠쿵!

땅에서 흙더미가 솟구쳐 다섯 개의 흙거인으로 변했다.

한 번에 무려 5기나 되는 골렘을 소환한 것이다.

트리브와 해리스가 경악해 입을 벌렸다.

‘세상에, 골렘 5기를 동시에 소환했어?’

‘지켄 대장도 2기가 한계 아니었나?’

지켄 역시 놀라긴 마찬가지였다.

‘유스틸 왕국에 대마법사가 될 천재가 나타났다더니…….’

저건 마력이나 마법의 경지, 서클과는 크게 상관이 없다. 그냥 본인의 마력 운용과 연산력이 어마어마하다는 증거다.

'하늘이 내려 준 재능이라고밖에 할 말이 없군.'

사실은 그냥 연산력이 크게 필요 없어서일 뿐이지만.

'아이고, 남들은 내가 되게 천재인 줄 알겠구만.'

사령술 용법을 응용했을 뿐인지라 눈빛이 좀 부담스럽긴 하다.

'그래도 여기서 티를 낼 순 없지.'

뻔뻔한 얼굴로 카르나크가 명령어를 외쳤다.

"적을 제압하라! 나의 종들아!"

흙거인들이 일제히 붉은 사슬을 움켜쥐고 강하게 당긴다.

골렘이라면 동작은 느려도 괴력 하나는 일품인 소환체다.

마검과 소녀 모두 허공에 대롱대롱 매달렸다.

"끼야아악!"

비명을 지르며 소녀가 발버둥을 쳐 봤지만 소용없었다.

일단 한번 두 발이 땅에서 떨어지니 디딤발로 힘을 줄 수가 없었다.

"지금이다! 쳐!"

카르나크의 신호에 맞춰 세 오러 유저가 움직였다.

세라티가 소녀를 등 뒤에서 붙잡아 고정시킨다. 그틈에 해리스가 마검에 일격을 가한다. 충격으로 인해 소녀가 검을 놓친다.

타앙!
하지만 아직 연결이 완전히 끊어진 것은 아니다.
소녀와 마검 마레다 사이엔 여전히 이글거리는 검은 불길이 이어져 있다.
저 불길이 연결되어 있는 한, 소녀는 여전히 마검의 숙주였다.
트리브가 검을 머리 위로 곧게 쳐들며 자세를 잡았다. 그리고 가공할 기세로 내리쳤다.
"타아아앗!"
랜드 스매시.
그가 가장 자신 있어 하는 필살의 일격이 연결된 불길을 강타했다.
어마어마한 폭발이 일었다.
콰아아아앙!
소녀의 몸이 물수제비처럼 뒤로 튕겨 나갔다. 드디어 마검의 지배로부터 벗어난 것이다.
세라티가 재빨리 소녀를 안고 뒤로 빠졌다.
"구출했어요!"
홀로 남은 마검이 허공에서 미친 듯이 검명을 떨쳐 댔다.
~~웅웅웅웅웅웅~~!
하지만 때늦은 발악이었다.
카르나크의 사슬들이 마저 마검의 칼날을 휘감았다. 지켄이 펼친 마법의 수정 감옥에서도 빛이 내리꽂혀 놈을 짓눌렀다.

결국 검은 불길이 사그라지며 검의 울음도 그쳐 갔다.

"좋아!"

지켄의 입가에 회심의 미소가 걸렸다.

"이번에야말로 확실하게 잡았다!"

지켄은 하늘로 불꽃 마법을 쏘아 올렸다.

피이이잉! 펑!

마검 포획 작전 끝났으니 퇴근(?)한 킹스 오더들 도로 복귀하라는 신호였다.

그동안 카르나크는 마검을 마력 사슬로 휘감고 있었다. 열심히 마력을 주입하며 그가 지켄을 불렀다.

"끝났으면 여기 좀 도와주시죠."

"알았네."

수정 감옥 마법을 거둔 뒤 지켄도 마검 쪽으로 향했다. 그리고 카르나크의 사슬에 마나를 보탰다.

일단 이렇게 임시로 마검의 힘을 억눌러 놓고 메이리와 밀리아를 기다린다. 그럼 두 성직자가 신성 주문으로 확실히 마검을 봉인하는 것이다.

그렇게 마법사 둘이서 마검을 맡는 동안, 트리브와 해리스는 세라티에게 다가가고 있었다.

그녀는 구해 낸 잿빛 머리칼의 소녀를 땅에 눕힌 뒤 이리 저리 살피는 중이었다.

"이 아이는 어쩌죠?"

세라티의 질문에 트리브가 차분히 대꾸했다.

"메이리 신관이 오면 맡겨야겠지."

그리고 안쓰러운 듯 소녀를 내려다보았다.

"쯧쯧, 아직 어린 아이인데 이런 일을 당했으니……."

해리스도 안타까워하며 소녀를 살폈다.

"무사히 깨어날 수 있을까요? 몸이 많이 상했을 텐데……."

그러던 중이었다.

문득 해리스가 고개를 갸웃거렸다.

"좀 이상하네요."

"왜 그러나?"

"당연히 몸이 많이 상했을 거라 생각했는데요……."

트리브도 이내 해리스의 말을 이해했다.

"그렇군. 이상해."

오러 유저쯤 되면 대충 보기만 해도 상대의 신체 상태 정도는 파악할 수 있다.

그런 두 사람의 눈에, 이 잿빛 머리칼의 소녀는 전혀 몸이 상한 것 같지 않았다.

워낙 더러워서 때가 잔뜩 껴 있기는 한데, 신체 자체는 건강하기 그지없었다.

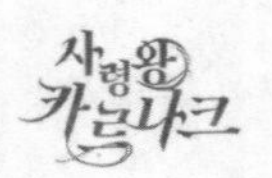

"마검의 지배에 의외로 몸에 좋은 효과가 있나?"
"무슨 보약도 아닌데 그럴 리가요."
황당해하며 세 사람이 소녀를 내려다볼 때였다.
소녀의 전신에서 희미한 기운이 흘러나오기 시작했다. 흠칫 놀라며 세라티가 털을 곤두세웠다.
'이건?'
꽤나 강렬한, 일개 평범한 소녀는 절대 지닐 수 없는 기운이었다.
놀란 트리브가 마검 마레다 쪽을 돌아보았다.
"설마 연결이 끊어지지 않았나?"
아니다. 마검과 소녀 사이엔 여전히 어떠한 연결점도 없다.
그럼 이건 대체 뭐란 말인가?
'심지어 사령술 계열도 아닌 것 같은데?'
갑자기 소녀가 눈을 번쩍 떴다.
동시에 세 오러 유저가 놀란 고양이처럼 허공으로 튀었다.
"헉!"
"으억!"
"꺄악!"
무슨 살기 같은 것 때문에 놀라서가 아니다.
워낙 압도적인 감각이 덮친 바람에 자기도 모르게 나온 반사적인 행동이다.

하지만 명색이 오러 유저, 심지어 청색급인 트리브마저 선불 맞은 망아지처럼 뒤로 뛰게 만들다니?

'뭐야, 대체?'

기겁한 세 사람의 눈앞에서 잿빛 머리칼의 소녀가 서서히 몸을 일으켰다.

평범하다. 그저 평범하게 일어나는 모습일 뿐이다.

그런데 이상할 정도의 압박감이 어깨를 짓누른다.

이유는 금방 밝혀졌다.

작디작은 소녀의 등 뒤로 자색빛 아지랑이가 피어오르기 시작한 것이다.

가공할 파괴의 권능이 보랏빛 안개가 되어 사방으로 퍼져 간다.

트리브와 해리스의 눈동자가 흔들렸다.

"……오러 유저?"

"그것도 퍼플 나이트라고?"

고작해야 열서너 살 정도 되는 아이였다. 걸음마 시작할 때부터 무술을 익혔다 해도 간신히 기본기나 터득했을 나이란 소리다.

물론 세상엔 간혹 천재가 나온다.

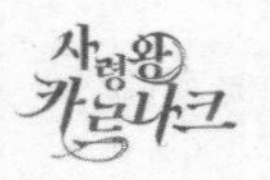

하늘이 내린 재능 중엔 극히 어린 나이에 오러를 각성하는 경우도 있다.

당장 세라티도 20대 초반에 오러를 각성한 천재가 아닌가?

특히나 이 시대의 최강자들, 모든 무인의 정점이라는 4대 무왕쯤 되면 전원 10대 중반에 오러를 각성했다고들 한다.

하지만 어디까지나 각성했다 정도지, 저 나이에 벌써 자색급일 수는 없다.

그러므로 이 현상은 마검 마레다가 연관이 있을 수밖에 없는데…….

'없어!'

'여전히 아무런 연결도 느껴지지 않는데?'

당황한 트리브와 해리스를 바라보며 소녀가 중얼거렸다.

"인간……."

희미한 음성을 흘리며 한 발 앞으로 내딛는다.

"구해야 해……."

동시에 그녀의 모습이 흐릿해졌다. 그리고 삽시간에 해리스의 좌측으로 파고들었다.

기겁한 해리스가 몸을 틀었지만 이미 소녀의 모습은 보이지 않았다. 어느새 그의 시야 사각으로 벗어나며 우측으로 이동한 것이다!

'빠, 빠르다!'

흐름을 타고 파고든다. 가녀린 손가락을 부드럽게 말아 귀엽게 주먹을 쥔다.

그리고 명치에 일격.

"꺽……."

보랏빛 파동이 해리스의 전신을 덮쳤다.

단 일격에 정신이 아득해지며 두 무릎이 꺾였다.

"해, 해리스 경!"

당황하며 트리브는 투기검을 끌어냈다.

이해할 수 없는 상황이었다. 오히려 마검을 쥐고 있을 때보다 지금이 월등하게 강하다니?

"타앗!"

기합을 터트리며 트리브는 사력을 다해 검을 내리그었다.

그러나 그곳에 이미 소녀는 없었다.

"구해야 해……."

희미한 속삭임만을 남긴 채 상대의 품속으로 파고든다.

핏물로 떡이 진 잿빛 머리칼 아래 푸른 눈동자가 빛난다. 그 상태로 가볍게 점프해 하이킥을 날린다.

퍽!

채찍처럼 감아 치는 킥이 트리브의 경추를 정확히 가격했다.

고통은 없었다. 그저 신기할 정도로 간단하게 의식이 흐려질 뿐.

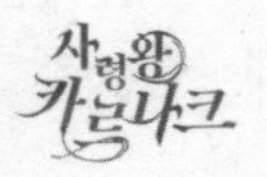

'어, 어떻게 된 거야, 이거…….'

쓰러지는 두 사람을 보며 세라티는 멍한 표정을 지었다.

"세상에……."

뭘 해 보기도 전에 둘 다 당해 버렸다. 그만큼 압도적인 움직임이었다.

소녀가 고개를 돌려 그녀를 바라본다.

"권속……."

세라티는 당황했다. 어째 그녀만 호칭이 달랐다.

아니, 다른 건 호칭만이 아니었다.

"죽인다!"

갑자기 소녀의 전신에서 무지막지한 살기가 뿜어져 나왔다.

트리브와 해리스를 상대할 때와는 전혀 다른 반응이었다.

가공할 펀치와 킥이 소나기처럼 쏟아지기 시작했다.

허겁지겁 피하며 세라티가 이를 갈았다.

'야! 왜 나한테만 이래?'

뭔가 억울하다! 가장 먼저 구해 준 건 오히려 그녀였는데!

그런데 웃기게도, 워낙 살기등등하니 오히려 피할 수 있었다.

트리브나 해리스는 아무런 전조가 없어 미처 방어도 못 했는데, 세라티를 상대할 땐 노골적으로 살기가 먼저 느껴지는 것이다.

진짜 자색급 오러 유저라면 절대 하지 않을 실수다.

물론 그래 봤자 '아주 조금' 더 버틸 뿐이지만.

"으, 으아아아!"

막 세라티가 쓰러지기 직전이었다. 등 뒤에서 한 줄기 폭염이 날아들어 소녀를 노렸다.

재빨리 소녀가 뒤로 물러섰고, 빈자리에 폭발이 일었다.

콰아아앙!

지켄이 급하게 마법을 날려 그녀를 구한 것이었다.

"무사한가, 세라티 경?"

소녀가 공세를 멈추더니 지켄을 노려봤다.

"인간……."

또 이해할 수 없는 괴상한 말을 내뱉는다.

"구해야 해……."

도로 살기가 사라지고, 우아한 공격이 이어진다.

문제는 저 우아한 공세가 너무나 빠르고 아무 전조도 없다는 것.

지켄이 미처 인식하기도 전에 소녀가 그와의 거리를 좁혔다.

"어?"

당황한 지켄의 턱이 핑 하고 돌아갔다. 팔꿈치로 깎아 내듯 턱 끝을 돌린 것이었다.

뇌가 흔들리며 이내 두 다리가 풀려 인형처럼 무너져 내린다.

풀썩!

"지켄 경!"

한발 늦게 달려온 카르나크가 소녀를 바라보며 당황했다.

"이게 무슨 일이야, 세라티?"

소녀가 이번엔 카르나크를 노려보았다. 또 호칭이 바뀌었다.

극심한 분노를 담아 외친다.

"……카르나크!"

'엥? 재가 내 이름을 어떻게 알지?'

아니, 생각해 보니 뭐, 열심히 서로 불러 댔으니 그럴 수도 있겠다 싶다.

단지 왜 저렇게 화를 내는지는 모르겠지만.

하지만 다음 호칭은 도저히 이해가 안 가는 것이었다.

"저주스러운 사령왕!"

카르나크의 두 눈이 동그랗게 변했다.

"……어?"

짐승처럼 으르렁대며 소녀가 카르나크를 노려본다.

엉겨 붙은 잿빛 머리칼 아래 때 묻은 얼굴이 드러난다. 여태 몇 번이나 봤던 어린아이의 얼굴이다.

'누구지? 어떻게 예전의 나를 알고 있는 거지?'

모르겠다.

원체 타인에겐 관심이 없는 카르나크였다. 굳이 저 소녀가 아니더라도, 타인의 인상착의 따윈 잘 외우고 다니지 않았다.

'그런데 어쩐지 낯익은 느낌도 들고…….'

소녀의 어깨 위로 또다시 자색의 오러가 피어올랐다.

"으아아아아!"

괴성을 터트리며 몸을 날린다.

가볍게 수도를 내리칠 뿐인데 가공할 기세가 뒤따른다.

쿠쿠쿠쿵!

보랏빛 오러의 칼날이 카르나크를 쪼갤 듯 날아들었다. 세라티가 다급히 앞을 가로막았다.

"카르나크 님!"

투기검으로 튕겨 내려 했지만 위력 차이가 극심했다. 단방에 뒤로 튕겨 나갔다.

"컥!"

나가떨어지면서도 그녀는 어이없어했다.

'뭐, 뭔 위력이 이리…….'

이쪽은 칼날에 오러 씌우고 전력으로 휘두르는데, 저쪽은 그냥 맨손으로 슥 오러 뿌리는 것만으로 이렇게 쉽게 뭉개

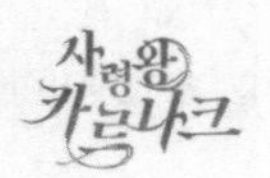

버린단 말인가? 얼마나 차이가 심하기에?

세라티를 치운 소녀가 손날로 카르나크의 머리통을 노렸다. 다급해진 카르나크가 사령술을 펼쳤다.

"그림자여, 날 지켜라!"

혼돈마법을 쓸 겨를이 없었다.

이미 뼛속까지 익숙해진, 졸면서도 펼칠 수 있는 사령술이어야 이 타이밍에서도 발동할 수 있는 것이다.

자색 오러와 어둠의 장막이 충돌하며 폭음이 인다.

콰앙!

일격에 장막이 찢어지며 카르나크도 뒤로 날려갔다.

"케엑!"

이대로라면 허무하게 목 잘릴 상황이었다. 그의 안색이 창백해질 때였다.

멀리서 10여 개의 화살이 날아들었다.

휘익! 휘이익!

카르나크를 쫓아가던 소녀가 멈추고 고개를 돌렸다.

그녀의 전신에서 오러가 피어오르며, 날아드는 화살들을 모조리 공중에서 박살 내 버렸다.

펑! 퍼퍼펑! 펑!

간신히 살아남은 카르나크의 눈에, 분지 저편에서 한 무리의 병력이 맹렬하게 달려오는 모습이 보였다.

"도련님!"

"카르나크 경!"

"대장님!"

바로스를 위시한 킹스 오더 1대대와 7대대였다. 지켄의 신호를 받은 이들이 이제야 복귀한 것이었다.

쓰러진 카르나크를 보며 밀리아가 소리쳤다.

"조심해요! 상대가 사령술을 펼치고 있어요!"

멀리서 봤을 뿐인지라 그가 펼친 그림자 방어막을 상대가 날린 공격으로 착각한 것이다.

카르나크로서는 다행이었다. 하마터면 딱 걸릴 뻔했다.

달려온 킹스 오더 대원들이 소녀를 포위하며 주위를 둘러보았다.

"지켄 대장?"

"트리브 경도……."

쓰러진 이들을 살펴본 바로스가 상황을 파악하며 말했다.

"작전 실패로군요. 그럼 마검 마레다는……."

그리고 깨달았다. 아직 상황 파악 제대로 못 했다는 것을.

소녀의 양손이 텅 비어 있는 것이다.

"……어라? 마검은?"

저 멀리 땅바닥에 거대한 양수검이 마법 사슬에 꽁꽁 묶여 짓눌려 있는 것이 보인다.

대원들이 황당해하며 중얼거렸다.

"마검 저기 있는데?"

"그럼 저 소녀는 왜?"

총체적인 몰이해의 현장이었다.

대체 작전을 성공한 건가, 실패한 건가?

그동안 소녀는 주위의 킹스 오더 대원들을 차분히 살피고 있었다.

더 이상 카르나크와 세라티를 쫓지 않는다. 오히려 킹스 오더 대원들을 우선시하는 듯한 모습이다.

"인간……."

또다시 음울한 목소리가 새어 나왔다.

"구해야 해……."

다음 권으로 이어집니다